民國文化與文學^{研究}

民國文化與文學 研究文叢

十六編

李 怡 主編

第 15 冊

王余杞研究資料（上）

楊華麗、李琪玲、劉海珍 編著

國家圖書館出版品預行編目資料

王余杞研究資料（上）／楊華麗、李琪玲、劉海珍 編著 --
初版 -- 新北市：花木蘭文化事業有限公司，2023〔民112〕
目 4+148 面；19×26 公分
（民國文化與文學研究文叢　十六編；第 15 冊）
ISBN 978-626-344-537-6（精裝）
1.CST：王余杞 2.CST：傳記 3.CST：文學評論
820.9　　　　　　　　　　　　　　　112010657

特邀編委（以姓氏筆畫為序）：

ISBN-978-626-344-537-6

丁　帆	王德威	宋如珊
岩佐昌暲	奚　密	張中良
張堂錡	張福貴	須文蔚
馮　鐵	劉秀美	

9 786263 445376

民國文化與文學研究文叢
十六編　第十五冊　　　　　　ISBN：978-626-344-537-6

王余杞研究資料（上）

編　　者	楊華麗、李琪玲、劉海珍
主　　編	李　怡
企　　劃	四川大學中國詩歌研究院
總 編 輯	杜潔祥
副總編輯	楊嘉樂
編輯主任	許郁翎
編　　輯	張雅淋、潘玟靜　美術編輯　陳逸婷
出　　版	花木蘭文化事業有限公司
發 行 人	高小娟
聯絡地址	235 新北市中和區中安街七二號十三樓
	電話：02-2923-1455／傳真：02-2923-1452
網　　址	http://www.huamulan.tw 信箱 service@huamulans.com
印　　刷	普羅文化出版廣告事業
初　　版	2023 年 9 月
定　　價	十六編 18 冊（精裝）台幣 45,000 元

王余杞研究資料（上）

楊華麗、李琪玲、劉海珍　編著

編者簡介

楊華麗（1976～），女，文學博士，重慶師範大學文學院教授、碩士生導師，重慶市中青年骨幹教師、中國現代文學研究會理事、中國郭沫若研究會理事、中國茅盾研究會理事、重慶現當代文學研究會副秘書長、《區域文化與文學研究集刊》主編。近十年來致力於中國現代思想史研究、抗戰文化與文藝研究。迄今獨立主持完成國家級、省部級項目 10 餘項，出版專著 3 部，在《文藝研究》等發表論文 80 餘篇，獲四川省教育廳哲社獎等多項。

李琪玲（1997～），女，西北大學文學院在讀博士，主要從事中國現當代文學與文化研究。

劉海珍（1996～），女，陝西師範大學文學院在讀博士，主要從事中國現當代文學與文化研究。

提　要

王余杞是中國現代文學史上值得重視的一個作家、編輯，但長期以來並未受到充分重視。本書是為王余杞編輯研究資料的第一次嘗試，內容含括四輯：王余杞的生平；王余杞談創作及文學活動；王余杞研究評論文章選編；王余杞著譯、編刊及研究資料目錄。第一輯輯錄了關於王余杞生平的幾篇文章，包括王余杞的生平自述、王余杞兒女對父親生平經歷的回憶和說明。第二輯分為三部分，第一部分選錄了王余杞部分作品的序言及後記；第二部分選錄了王余杞為其主編期刊、報紙副刊所撰寫的發刊詞、編輯後記、致讀者等文字。第三部分輯錄了部分王余杞對各階段人生經歷和文學活動的回憶性文章；第三輯選錄了上世紀二十年代以來對王余杞其人、其作品、其參與社團的介紹、說明、評論、研究性文章，以及部分王余杞作品的廣告；第四輯收入了王余杞的著譯年表、所編刊物目錄彙編、研究資料目錄索引。希望本書的印行，能有效助推王余杞研究的深入展開。

鬱結、盤桓與頓挫：中國現代文學中的國家—民族敘述——《民國文化與文學研究文叢·十六編》引言

李　怡

　　1921 年 10 月，「新文學運動以來的第一部小說集」由上海泰東圖書局推出〔註1〕，這就是郁達夫的《沉淪》。從 1921 年至 1923 年，這部小說集被連續印刷十餘次，銷量累計至 20000 餘冊，在新文學初創期堪稱奇觀。「對於他的熱烈的同情與感佩，真像《少年維特之煩惱》出版後德國青年之『維特熱』一樣」〔註2〕，因為，「人人皆可從他作品中，發現自己的模樣。……多數的讀者，由郁達夫作品，認識了自己的臉色與環境」〔註3〕。當然，小說中能夠引起讀者共鳴的應該有好幾處，包括性愛的暴露、求索的屈辱等等，但足以令讀者產生一種普遍的情緒激昂的還是其中那種個人屈辱與家國命運的相互激蕩和糾纏，這樣的段落已經成為了中國現代文學史引證的經典：

　　　　他向西面一看，那燈檯的光，一霎變了紅一霎變了綠的，在那裡盡它的本職。那綠的光射到海面上的時候，海面就現出一條淡青的路來。再向西天一看，他只見西方青蒼蒼的天底下，有一顆明星，在那裡搖動。

　　　　「那一顆搖搖不定的明星的底下，就是我的故國，也就是我的

<hr>

〔註1〕成仿吾：《〈沉淪〉的評論》，《創造》季刊 1923 年 2 月第 1 卷第 4 期。
〔註2〕匡亞明：《郁達夫印象記》，載《郁達夫研究資料》，北京：知識產權出版社，2010 年，第 52 頁。
〔註3〕賀玉波編：《郁達夫論》，上海：光華書局，1932 年，第 84 頁。

生地。我在那一顆星的底下，也曾送過十八個秋冬。我的鄉土嚇，我如今再不能見你的面了。」

　　他一邊走著，一邊盡在那裡自傷自悼的想這些傷心的哀話。走了一會，再向那西方的明星看了一眼，他的眼淚便同驟雨似的落下來。他覺得四邊的景物，都模糊起來。把眼淚揩了一下，立住了腳，長歎了一聲，他便斷斷續續的說：

　　「祖國呀祖國！我的死是你害我的！」

　　「你快富起來，強起來吧！」

　　「你還有許多兒女在那裡受苦呢！」〔註4〕

在這裡，一位在異質文明中深陷焦慮泥淖的中國青年將個人的悲劇置放在了國家與民族的普遍命運之中，並且在自己生命的絕境中發出了如此石破天驚般的吶喊，一瞬間，個人的生存苦難轉化為對國家與民族的整體控訴，鬱積已久的酸楚在這一心理方式中被最大劑量地釋放。這也就是作者自述的，「眼看到的故國的陸沉，身受到的異鄉的屈辱」〔註5〕，「我的消沉也是對國家，對社會的。現在世上的國家是什麼？社會是什麼？尤其是我們中國？」〔註6〕所以，在文學史家看來，這部作品的顯著特點就在於「性、種族主義、愛國主義在他心底裏全部纏結在一起」〔註7〕。

　　《沉淪》主人公于質夫投海之前的這一段激情道白擊中的是近代以來中國人的普遍心理與情緒，1921 年的「《沉淪》熱」、百年來現代中國文學與現實人生的不解之緣從根本上都與這樣的體驗和情緒緊密相關：在中國現代文學的普遍主題中，國家觀念和民族意識的凸顯格外引人注目，或者說，個人命運感受與國家、民族宏大問題的深刻聯繫就是我們文學的最基本構型。

　　在很大的程度上，我們的中國現代文學研究自始至終都沒有否認過這一基本事實。1922 年，胡適寫下新文學的第一部小史《五十年來中國之文學》，就是以「國」定文學，是為「國語的文學」。1923 年，瞿秋白署名陶畏巨發表新文學概觀，也是以「西歐和俄國都曾有民族文學的先聲」為參照，將新文學

〔註 4〕郁達夫：《沉淪》，《郁達夫文集》第一卷，廣州：花城出版社，1982 年，第 52～53 頁。

〔註 5〕郁達夫：《懺餘獨白》，《郁達夫文集》第七卷，廣州：花城出版社，1982 年，第 250 頁。

〔註 6〕郁達夫：《北國的微音》，《郁達夫文集》第三卷，廣州：花城出版社，1982 年，第 91 頁。

〔註 7〕李歐梵：《李歐梵自選集》，上海：上海教育出版社，2002 年，第 38 頁。

視作「民族國家運動」的一部分，宣布「他是民族統一的精神所寄」〔註8〕。王瑤的《中國新文學史稿》奠定了新中國現代文學的學科基礎，在以「新民主主義革命」為核心話語的歷史陳述中，「外爭國權，內除國賊」、「民族解放」的政治背景十分清晰。唐弢主編《中國現代文學史》繼續依託「新民主主義革命時期」的階級狀況展開，反對帝國主義對中華民族的侵略、挽救民族危機也是這一歷史過程的重要組成部分。新時期以降，被稱作代表「新啟蒙」思潮的二十世紀中國文學觀更是將國家民族的現代化進程作為文學探索的基本背景，明確指出：「爭取民族的獨立解放，民族政治、經濟、文化，民族意識的全面現代化，實現民族的崛起與騰飛，是本世紀全民族的中心任務，構成了時代的基本內容，社會歷史的中心，民族意識的中心，對於這一時期包括文學在內的整個意識形態起著一種制約作用，決定著這一時期文學的性質、任務、歷史內容，以及歷史特徵，等等。」〔註9〕新時期影響中國現代文學研究的思想，在內有李澤厚《中國現代思想史論》的「啟蒙／救亡雙重變奏」說，在外則有夏志清《中國現代小說史》的「感時憂國」說，它們的思想基礎並不相同，但卻在現代文學的國家民族意識上有著高度的共識。直到新世紀以後，儘管意識形態和藝術旨趣的分歧日益加大，但是平心而論，卻尚未發現有誰試圖根本否認這一基本特徵的存在。

在我看來，《沉淪》主人公于質夫將個人的悲劇追溯到國家民族的宏大命運之中，於生存背景的揭示而言似乎勢所必然，不過，其中的心理邏輯卻依然存在許多的耐人尋味之處：于質夫，一個多愁善感而身心孱弱的青年在遭遇了一系列純粹個人的生活挫折之後，如何情緒爆發，在蹈海自盡之際將這一切的不幸通通歸咎於國家的弱小？這是羸弱者在百般無奈之下的洗垢求瘢、故入人罪，還是被人生的苦澀長久浸泡之後的思想的覺悟？一方面，我不能認同徐志摩當年的苛刻之論：「故意在自己身上造些血膿糜爛的創傷來吸引過路的人的同情」〔註10〕，那是生活優渥的人的高論，顯然不夠厚道，但是，另一方面，從1920年代的爭論開始，至今也有讀者無不疑惑：「『零餘人』不僅逃避承擔時代的重任，而且自身生活能力低下，在個人情慾的小圈子裏執迷不悟，一旦

〔註8〕陶晨巨：《荒漠裏》，《新青年》季刊1923年12月20日第2期。
〔註9〕陳平原、黃子平、錢理群：《二十世紀中國文學三人談——民族意識》，《讀書》1985年第12期。
〔註10〕見郭沫若：《論郁達夫》，載《回憶郁達夫》，長沙：湖南文藝出版社，1986年，第3頁。

得不到滿足，連生命也毫不猶豫地捨棄。這樣的人物是時代的主旋律上不和諧的音符，他的死是一種歷史的必然。郁達夫在作品主人公自殺前加上這麼一條勉強的『尾巴』，並不能讓主人公的思想高尚起來。」〔註11〕郁達夫恐怕不會如此的膚淺，但是《沉淪》所呈現的心理邏輯確有微妙隱晦之處，至少還不曾被小說清晰地展開，這就如同現代文學史上的二重組合——個人悲劇／國家民族命運的複雜的鏈接過程一樣，其理昭昭，其情深深，在這些現象已經被我們視作理所當然的歷史事實之後，我們是不是進一步仔細觀察過其中的細節？究竟這些「國家觀念」和「民族意識」有著怎樣具體的內涵，有沒有發生過值得注意的重要變化，它們彼此的結構和存在是怎樣的，是不是總是被奉為時代精神的「共主」而享有所向披靡的能量，在它們之間，內在關聯究竟如何，是不容置辯的相互支撐，一如我們習以為常的「國家民族」的關聯陳述，還是暗含齟齬和衝突？

　　這就是我們不得不加以辨析和再勘的理由。

一

　　中國現代文學在表達個人體驗與命運的時候，總是和國家與民族的重大關切緊密相連，然而，「國家」與「民族」這兩個基本語彙及其現代意涵卻又是近代「西學東漸」的一部分，作為西方思想文化的複雜構成，其本身也有一個曲折繁蕪的流變演化歷史。所以，同一個「國家觀念」與「民族情懷」的能指，卻很可能存在著千差萬別的所指。

　　大約是從晚清以降，中國知識界開始出現了越來越多的「國家」與「民族」的表述，以致到後來形成了大家耳熟能詳的名詞、概念、主義和系統的思想。自 1960 年代開始，當作為學科知識的「民族學」等需要進一步理性建設的時候，人們再一次回過頭來，試圖深入追溯「民族」理念的來源，以便繪製出清晰的知識譜系，這樣的追溯在極左年代一度中斷，但在新時期以後持續推進；新時期至今，隨著政治學、社會學、文化學領域對中外文明史、國家制度史的理論思考的展開，「國家」的概念史、意義史也得到了比較充分的總結。

　　百餘年來中國知識分子對「民族」的理解來源複雜，過程曲折，我們試著將目前學界的考證以圖表示之：

〔註11〕吳文權：《感性縱情與理性斂情——從〈沉淪〉和〈遲桂花〉看郁達夫前後期的創作風格》，《重慶工學院學報》2005 年第 7 期。

考證人	時間結論	來源結論	最早證據	學界反應
林耀華《關於「民族」一詞的使用和譯名問題》(《歷史研究》1963年第2期)	不晚於1900年	可能從日文轉借過來	章太炎《序種姓上》	1980年代以後不斷更新中國學者的引進、使用時間
金天明、王慶仁《「民族」一詞在我國的出現及其使用問題》(《社會科學輯刊》1981年第4期)	1899年	從日文轉借過來	梁啟超的《東籍月旦》	韓錦春、李毅夫等考證《東籍月旦》作於1902年；此前梁啟超已經使用該詞
彭英明《中國近代誰先用「民族」一詞？》(《社會科學輯刊》1984年第2期)	1898年6月	近代中國開始使用	康有為的《請君民合治滿漢不分摺》	經過多人考證，最終確認康有為此摺乃是其1910年前後所偽造
韓錦春、李毅夫《漢文「民族」一詞的出現及其初期使用情況》(《民族研究》1984年第2期)	1895年	從日文引入	《論回部諸國何以削弱》(《強學報》第2號)	新世紀以後開始被人質疑
韓錦春、李毅夫編《漢文「民族」一詞考源資料》，(中國社會科學院民族研究所民族理論研究室1985年印)	近代中國人開始使用	在中國古代典籍中未曾出現，近代以前「民」、「族」是分開使用的		新世紀以後開始被人質疑
彭英明《關於我國民族概念歷史的初步考察》(《民族研究》1985年第2期)	1874年前後使用	可能來自英語	王韜《洋務在用其所長》	
臺灣學者沈松僑《我以我血薦軒轅——皇帝神話與晚清的國族建構》(《臺灣社會研究季刊》第二十八期，1997年12月)	20世紀中國知識分子	從日文引入		新世紀以後開始被人質疑

【英】馮客《近代中國之種族觀念》(楊立華譯)，江蘇人民出版社 1999 年	1903 年，晚清維新派，梁啟超首次使用			
茹瑩《漢語「民族」一詞在我國的最早出現》(《世界民族》2001 年第 6 期)	唐代	與「宗社」相對應，但與現代意義有差別	李筌所著兵書《太白陰經》之序言：「傾宗社滅民族」	
黃興濤《「民族」一詞究竟何時在中文裏出現？》(《浙江學刊》2002 年第 1 期) 類似觀點還有方維規《論近代思想史上的「民族」、「Nation」與中國》(香港《二十一世紀》2002 年 4 月號)	1837 年或之前出現；1872 年已有華人在現代意義上加以使用	很可能是西方來華傳教士的偶然發明	《論約書亞降迦南國》(1837 年 10 月德國籍傳教士郭士臘等編撰《東西洋考每月統記傳》)	
邸永君《「民族」一詞見於〈南齊書〉》(《民族研究》2004 年第 3 期)	南齊	中國自身的語彙，意義與當今相同	道士顧歡稱「諸華士女，民族弗革」(《南齊書》卷 54《高逸傳・顧歡傳》)	
郝時遠《中文「民族」一詞源流考辨》(《民族研究》2004 年第 6 期)	就詞語而言至少魏晉以降即有；古漢語「民族」一詞在 19 世紀 70 年代或之前傳入日本	古漢語「民族」一詞在中國有早於日本的且接近現代的含義；國人對「民族」對應的西文 nation、volk 及其含義的理解，無疑主要來自日本翻譯的西學著作；中國現代民族（nation）觀念受到日譯西書的影響	從魏晉以降至清，作為詞語使用不絕，總體傾向於各種具體的族群分類，現代抽象的意義概念屬於近代產物；日文「民族」為中文輸入的結果，與近代中國的西書漢譯有關	

　　此表列出了新中國成立至今學界所考證的概念史，以考證出現的時間為序。從中，我們大體上可以知道這樣一些基本事實：

1. 在近現代中國的思想之中，雙音節詞彙「民族」指的是經由長期歷史發展而形成的穩定共同體，它在歷史、文化、語言等方面與其他人群有所區別，「血緣、語言、信仰，皆為民族成立之有力條件」〔註12〕。相對而言，在古代中國，「民」與「族」往往作為單音節詞彙分開使用，「族」更多的指涉某一些具體的人群類別，近似於今天所謂的「氏族」、「邦族」、「宗族」、「部族」等等，所以在一個比較長的時間裏，我們從「民族」這個詞語的近現代含義出發，傾向於認定它的基本意義源自國外，是隨著近代域外思潮的引進而加進入中國的外來詞語，大多數學者認為它來自日本，原本是日本明治維新之後對西方術語的漢譯，也有學者認為它可能就是對英文的中譯。

2. 漢語詞彙本身也存在含義豐富、歷史演變複雜的事實，所以中國學者對「民族」的本土溯源從來也沒有停止過。雖然古代文獻浩若煙海，搜索「民族」一詞猶如大海撈針，史籍森森，收穫艱難，然而幾經努力，人們還是終有所得，正如郝時遠所總結的那樣，到新世紀初年，新的考證結論是：在普遍性的「民」、「族」分置的背景上，確實存在少數的「民族」合用的事實，而且古漢語的「民族」一詞，已經出現了近似現代的類別標識含義，在時間上早於日本漢文詞彙。在日本大規模地翻譯西方思想學術之前，其實還出現過借鑒中國語彙譯述西方書籍的選擇，日本漢文中的「民族」一詞很可能就是在這個時候從中國引入的。「『民族』一詞是古漢語固有的名詞。在近代中文文獻中，現代意義的『民族』一詞出現在 19 世紀 30 年代。日文中的『民族』一詞見諸 19 世紀 70 年代翻譯的西方著述之中，係受漢學影響的結果。但是，『民族』一詞在日譯西方著作中明確對應了 volk、ethnos 和 nation 等詞語，這些著作對 nation 等詞語的定義及其相關理論，對清末民初的中國民族主義思潮產生了直接影響。『民族』一詞不屬於『現代漢語的中—日—歐外來詞。』」〔註13〕

3. 「民族」一詞更接近西方近代意義的廣泛使用是在日本，又隨著其他漢文的西方思想一起再次返回到了中國本土，最終形成了近現代中國「民族」概念的基本的含義。

總而言之，「民族」一語，從詞彙到思想，都存在一個複雜的形成過程，這裡有歷史流變中的意義的改變，也有中國／西方／日本思想和語言的多方

〔註12〕梁啟超：《中國歷史上民族之研究》，《飲冰室合集》第 8 冊，北京：中華書局，1989 年，第 860 頁。
〔註13〕郝時遠：《中文「民族」一詞源流考辨》，《民族研究》2004 年第 6 期。

對話與互滲。從總體上看，現代中國的「民族」含義與西方近代思想、日本明治維新後的思想基本相同，與古代中國的類似語彙明顯有別。1902 年，梁啟超在《論中國學術思想變遷之大勢》一文中，第一次提出了「中華民族」的概念，五年後的 1907 年，楊度《金鐵主義說》、章太炎《中華民國解》又再次申述了「中華民族」的觀念，雖然他們各自的含義有所差異，但是從一個大的族群類別的角度提出民族的存在問題卻有著共同的思維。民族、中華民族、民族意識、民族主義、民族復興，串聯起了近代、現代、當代中國思想發展的重要脈絡，儘管其間的認知和選擇上的分歧依然存在。

與「民族」類似，中國人對「國家」意義的理解也有一個複雜的演變過程，所不同的在於，如果說在民族生存，特別是中華民族共同命運等問題上現代知識分子常常聲應氣求的話，那麼在「國家」含義的認知和現實評價等方面，卻明顯出現了更多的分歧和衝突。

「國家」一詞在英語裏分別有 country、nation 和 state 三個詞彙，它們各有意指。Country 著眼於地理的邊界和範圍，側重領土和疆域；nation 強調的是人口和民族，偏向民族與國民的內涵；state 代表政治和權力，指的是在確定的領土邊界內強制性、暴力性的機構。現代意義上的國家概念就是政治學意義的 state。作為政治學的核心術語，state 的出現是近代的事，在這個意義上說，古代社會並沒有正式的國家概念。這一點，中西皆然。

就如同「民」與「族」一樣，古漢語的「國」與「家」也常常分置而用。早在先秦時期，也出現了「國」與「家」的合用，只是各有含義，諸侯的封地謂之「國」，卿大夫的封地謂之「家」，這是不同等級的治理區域；然而不同等級的治理區域能夠合用為「國家」，則顯示了傳統中國治理秩序的血緣基礎。先秦時代，周天子治轄所在曰「天下」，周天子的京師曰「中國」，「禮崩樂壞」之後，各諸侯國的王畿也稱「中國」，再後，「中國」範圍進一步擴大，成了漢族生存的中原地區具有「德性」和「禮義」的文明區域的總稱，最早的政治等級的標識轉化為文化優越的稱謂，象徵著「華夏」（「以德榮為國華」〔註14〕）之於「夷狄」的文明優勢，是謂「中國有文章光華禮義之大」〔註15〕。「天下」與「中國」相互說明，構成了一種超越於固定疆域、也不止於政治權力的優越

〔註14〕 上海師範大學古籍整理組校點：《國語》，上海：上海古籍出版社，1978 年，第 183 頁。
〔註15〕 （漢）孔安國傳，（唐）孔穎達等正義：《尚書正義》，上海：上海古籍出版社，1990 年，第 43 頁。

的文明自詡。隨著非漢族統治的蒙元、滿清時代的出現，「中國」的概念也不斷受到衝擊和改變，一方面，蒙古帝國從未被漢人同化，「中國」一度失落，另一方面，在清朝，原來的「四夷」（滿、蒙、回、藏、苗）卻被重新識別而納入「中國」，而夷狄則成了西洋諸國。儘管如此，那種文明的優越感始終存在。到了晚清，在「四夷」越來越強大的威儡下，「中國」優越感和「天下」無限性都深受重創，「近代中國思想史的大部分時期，是一個使『天下』成為『國家』的過程」〔註16〕，這裡的「國家」觀念就不再是以家立國的古代「國家」了，而是邊界疆域明確、彼此獨立平等的國際間的政治實體，也就是近現代主權時代的民族國家。1648 年《威斯特伐利亞和約》的簽訂，標誌著歐洲國家正式進入主權時代。到 19 世紀，一個邊界清晰、民族自覺的民族國家成為了國際外交的主角。國家外交的碰撞，特別是國際軍事衝突的失敗讓被迫捲入這一時代的中國不得不以新的「國家」觀念來自我塑形，並與「天下」瓦解之後的「世界」對話，一個前所未有的民族—國家的時代真正到來了。現代中國的民族學者早就認識到：「民族者，裏也，國家者，表也。民族精神，實賴國家組織以保存而發揚之。民族跨越文化，不復為民族；國家脫離政治，不成其為國家。」〔註17〕

　　然而，正如韋伯所說「國家」（state）是「到目前為止最複雜、最有趣」的概念〔註18〕，一方面，「非人格化」的現代國家觀念延續了古羅馬的「共和」理想，國家政治被看作超越具體的個人和社會的「中立」的統治主體，一系列嚴謹、公平的社會治理原則成為應有之義，另外一方面，從西方歷史來看，現代意義的國家的出現與十七、十八世紀絕對王權代替封建割據，與路易十四「朕即國家」（L'État, c'est moi）的事實緊密相關，這些原本與中國歷史傳統神離而貌合的取向在有形無形之中進入了現代中國的國家理念，成為我們混沌駁雜的思想構成，那些巨大的、統一的、排他性的權力方式始終潛伏在現代國家的發展過程之中，釋放魅惑，也造成破壞。此外，置身普遍性的現代民族國家的歷史進程，中國的民族—國家的聯結和組合卻分外的複雜，與西方世界主

〔註16〕【美】約瑟夫・列文森著、鄭大華、任菁譯：《儒教中國及其現代命運》，桂林：廣西師範大學出版社，2009 年，第 84 頁。

〔註17〕吳文藻：《民族與國家》，《人類學社會學研究文集》，北京：民族出版社，1990年，第 35～36 頁。

〔註18〕Max Weber, "'Objectivity' in Social Science and Social Policy," in The Methodology of Social Sciences, trans. & ed., Edward A. Shils & Henry A. Finch, Glencoe: The Free Press, 1949, p. 99.

流的單一民族的國家構成，多民族的聯合已經是中國現代國家的生存基礎，在我們內在結構之中，不同民族的相互關係以及各自與國家政權的依存方式都各有特點，當然從「排滿革命」到「五族共和」，也有過齟齬與和解，民族主義作為國家政治的基礎，既行之有效，又並非總能堅如磐石。

二

　　西方馬克思主義的重要代表弗雷德里克・詹姆森有一個論斷被廣泛引用：「所有第三世界的本文均帶有寓言性和特殊性：我們應該把這些本文當作民族寓言來閱讀，特別當它們的形式是從占主導地位的西方表達形式的機制——例如小說——上發展起來的。」「第三世界的本文，甚至那些看起來好像是關於個人和利比多趨力的本文，總是以民族寓言的形式來投射一種政治：關於個人命運的故事包含著第三世界的大眾文化和社會受到衝擊的寓言。」〔註19〕魯迅的小說就是這一論斷的主要論據。拋開詹姆森作為西方學者對魯迅小說細節的某些誤讀，他關於中國現代文學與國家民族深度關聯的判斷還是基本準確的。中國現代文學史上的幾乎每一場運動都與民族救亡的目標有關，而幾乎每一個有影響的作家都有過魯迅「我以我血薦軒轅」式的人生經歷和創作衝動，包括抗戰時期的淪陷區文學也曾經以隱晦婉曲的方式傳達著精神深處的興亡之歎。即便文學的書寫工具——語言文字也早就被視作國家民族利益的捍衛方式，一如近代小學大家章太炎所說：「小學」「這愛國保種的力量，不由你不偉大。」〔註20〕晚清語言改革的倡導者、切音新字的發明人盧戇章表示：「倘吾國欲得威振環球，必須語言文字合一。務使男女老幼皆能讀書愛國。除認真頒行一種中國切音簡便字母不為功。」〔註21〕

　　只是，詹姆森的「民族寓言」判斷對於千差萬別的「第三世界」來說，顯然還是過於籠統了。對於這一位相對單純的現代民族國家的學者而言，他恐怕很難想像現代的中國，既然有過各自不同的「國家」概念和紛然雜陳的「民族」意識，在真正深入文學的世界加以辨析之時，我們就不得不追問，這些興亡之

〔註19〕【美】弗雷德里克・詹姆森：《處於跨國資本主義時代中的第三世界文學》，見張京媛主編《新歷史主義與文學批評》，北京：北京大學出版社，1993 年，第234、235 頁。

〔註20〕章太炎：《我的生平與辦事方法》，《章太炎的白話文》，瀋陽：遼寧教育出版社，2003 年，第 74 頁。

〔註21〕盧戇章：《中國第一快切音新字》原序，《清末文字改革文集》，北京：文字改革出版社，1958 年，第 2 頁。

慨究竟意指哪一個國家認同，這民族情懷又懷抱著怎樣的內容？現代中國知識分子所經歷的複雜的國家—民族的知識轉型，因為情感性的文學的介入而愈發顯得盤根錯節、撲朔迷離了。

在中國新文學史的敘述邏輯中，近現代中國的歷史進程就是一個義無反顧的棄舊圖新的過程。

王瑤《中國新文學史稿》一開篇就認定了五四新文學的「徹底性」與「不妥協性」：「反帝反封建是由『五四』開始的中國現代文學的基本特徵，這裡『徹底地』、『不妥協地』兩個形容詞非常重要，這是關係到對敵鬥爭的重大課題。」〔註22〕

唐弢主編《中國現代文學史》這樣立論：「清嘉慶以後，中國封建社會已由衰微而處於崩潰前夕。國內各種矛盾空前尖銳，社會危機四伏。清朝政府極端昏庸腐朽。」「為了挽救民族危亡的命運，從太平天國到辛亥革命，中國人民進行了一次又一次的革命鬥爭。」「在這一歷史時期內，雖然封建文學仍然大量存在，但也產生了以反抗列強侵略和要求掙脫封建束縛為主要內容的進步文學，並且在較長的一段時間裏，不止一次地作了種種改革封建舊文學的努力。」「『五四』文學革命運動的興起，乃是近代中國社會與文學諸方面條件長期孕育的必然結果。」〔註23〕

嚴家炎主編《二十世紀中國文學史》的最新表述：「歷史悠久的中國文學，到清王朝晚期，發生了前所未有的重大轉折：開始與西方文學、西方文化迎面相遇，經過碰撞、交匯而在自身基礎上逐漸形成具有現代性的文學新質，至五四文學革命興起達到高潮。從此，中國文學史進入一個明顯區別於古代文學的嶄新階段。」〔註24〕

這都是中國現代文學研究的經典性論述，它們都以不同的方式告訴我們，自晚清以後，中國的社會文化始終持續進步，五四新文學展開了現代國家—民族的嶄新的表述。從歷史演變的根本方向來說，這樣的定位清晰而準確，這就如同新文化運動領袖陳獨秀在當時的感受：「我生長二十多歲，才知道有個國

〔註22〕王瑤：《中國新文學史稿》上冊，《王瑤文集》第 3 卷，太原：北嶽文藝出版社，1995 年，第 7 頁。

〔註23〕唐弢主編：《中國現代文學史》，北京：人民文學出版社，1979 年，第 1～2 頁、6 頁。

〔註24〕嚴家炎主編：《二十世紀中國文學史》，北京：高等教育出版社，2010 年，第 1 頁。

家，才知道國家乃是全國人的大家，才知道人人有應當盡力於這大家的大義。」〔註25〕換句話說，是在歷史的進步中我們生成了全新的國家—民族意識，而新的國家—民族憂患（「盡力於這大家的大義」）則產生了新的現代的文學。

但是，這樣的棄舊圖新就真的那麼斬釘截鐵、一往無前嗎？今天，在掀開新文學主流敘述的遮蔽之後，我們已經發現了歷史場域的更多豐富的存在，在中國現代文學（而不僅僅是現代的「新文學」）的廣袤的土地上，歷史並非由不斷進化的潮流所書寫，期間多有盤旋、折返、對流、纏繞……現代的民族國家——中華民國雖然結束了君主專制，代表了歷史前進的方向，但卻遠遠沒有達到「全民認同」的程度，在各種形式的理想主義的知識分子那裡，更是不斷遭遇了質疑、批評甚至反叛，而「民族」所激發的感情在普遍性的真誠之中也隱含著一些各自族群的遭遇和體驗，何況在中國，民族意識與國家觀念的組合還有著多種多樣的形式，彼此之間並非理所當然的融合無隙。這也為現代文學中民族情感的轉化和發展留下了豐富的空間。

1933 年 8 月，上海世界書局出版了錢基博的《現代中國文學史》。這部早期的中國現代文學史著也是最早標舉「現代」之名的文學論著。然而，有意思的是，與當下學者在「現代性」框架中大談「民族國家」不同，錢基博的用意恰恰是借「現代」之名表達對彼時國家的拒絕和疏離：「吾書之所為題現代，詳於民國以來而略推跡往古者，此物此志也。然不題民國而曰現代，何也？曰『維我民國，肇造日淺，而一時所推文學家者，皆早嶄然露頭角於讓清之末年；甚者遺老自居，不願奉民國之正朔；寧可以民國概之！』」〔註26〕「不願奉民國之正朔」就必須以「現代」命名？錢基博的這個邏輯未必說得通，不過他倒是別有意味地揭示了一個重要的事實：「一時所推文學家者」成長於前朝，甚至以前朝遺民自居，缺乏對這個新興的民族國家——中華民國的認同。近年來，隨著現代文學研究空間的日益擴大，一些為「新文化新文學」價值標準所不能完全概括的文學現象越來越多地進入了文學史家的視野，所謂奉「民國乃敵國」的文學群體也成了「出土文物」，他們的獨特的感受和情感得以逐漸揭示，中國現代作家的精神世界的多樣性更充分地昭示於世。正如史學家王汎森所說：「受過舊文化薰陶的讀書人在面對時代變局時，有種種異於新派人物的

〔註25〕陳獨秀：《說國家》，《陳獨秀著作選》第一卷，上海：上海人民出版社，1993年，第 44 頁。

〔註26〕錢基博：《現代中國文學史》，上海：上海世界書局，1933 年，第 8～9 頁。

回應方式，包括與現代截然迥異的價值觀和看法。以往我們把焦點集中在新派人物身上，模糊或忽略了舊派人物。」「儘管我們無須同意其政治認同，可是的確值得重新檢視他們的行為與動機，以豐富我們對近代中國思想文化脈絡的瞭解。」〔註27〕這樣一些拒絕認同現實國家的知識分子還不能簡單等同於傳統意義上的「遺民」，因為他們的焦慮不僅僅是對政權歸屬的迷茫，更包含了對現代社會變遷的不適，和對中西文化衝突的錯愕，這都可以說是現代文化進程中的精神危機，是不應該被繼續忽視的現代文學主流精神的反面，它包含了歷史文化複雜性的幽深的奧秘。「清遺民議題呈現豐富的意涵，除了歷史上種族與政治問題外，也跟文化層面有著密切的關聯。他們反對的不單來自政治變革，更感歎社會良風善俗因而消逝，訴諸近代中國遭受西力衝擊和影響。」「充分顯現了忠清遺民的遭遇及面對的問題，固然和過去有所不同，非但超乎宋元、明清易代之際士人，而且在心理與處境上勢將愈形複雜。」〔註28〕在「現代文學」的格局中，他們或以詩結社，相互唱酬追思故國，「劇憐臣甫飄零甚，日日低頭拜杜鵑」〔註29〕；或埋首著述，書寫「主辱臣死」之志，吟詠「辛亥濺淚」之痛〔註30〕，試圖「託文字以立教」；或與其他文學群體論爭駁詰，一如林紓以「清室舉人」自居，對陣「民國宣力」蔡元培，反對新文化運動，增添了現代文壇的斑斕。在這一歷史過程中，一些重要代表如王國維的文學評論，陳三立、沈曾植、趙熙、鄭孝胥等人的舊體詩，辜鴻銘的文化論述，都是別有一番「意味」的存在。

中華民國是推翻君主專制而建立起來的「民族國家」，然而，眾所周知的史實是，這個國家長期未能達成各方國民的一致認同，先是為創立民國而流血犧牲的國民黨人無法接受各路軍閥對國家的把持，最後是抗戰時代的分裂勢力（偽滿、汪偽）對國民政府國家的肢解，貫穿始終的則是左翼知識分子對一切軍閥勢力及國民黨獨裁的抨擊和反抗，雖然來自左翼文學的批判否定還

〔註27〕 王汎森：《序》，林誌宏著《民國乃敵國也：政治文化轉型下的清遺民》，北京：中華書局，2013年，第2頁。

〔註28〕 王汎森：《序》，林誌宏著《民國乃敵國也：政治文化轉型下的清遺民》，北京：中華書局，2013年，第3、4頁。

〔註29〕 丁仁長：《為杜鵑庵主題春心圖》，《丁潛客先生遺詩》，第32頁，廣州九曜坊翰元樓刊行1929年刻本（轉引自110頁）。

〔註30〕「主辱臣死」語出清末湖北存古學堂經學總教習曹元弼，晚清經學家蘇輿著有《辛亥濺淚集》（長沙龍雲印刷局石印本），作於辛亥年間，凡四卷，收錄七言絕句33首。

不能說他們就是「民國的敵人」，因為在推翻專制、走向共和、反抗侵略等國家大勢上，他們也多次攜手合作，並肩作戰，但是，關於現代國家的理想形態，左翼知識分子顯然與國家的執政者長期衝突，形成了現代史上最為深刻的無法彌合的信仰分裂。另外，數量龐大的自由主義知識分子群體，其思想基礎融合了近代以來的西方啟蒙思想和中國傳統士人精神，作為現代社會的公民，民主、自由、科學的理念是他們基本的立世原則，雖然其中不乏溫和的政治主張者，甚至也有對社會政治的相對疏離者，但都莫不以「天下大任」為己任，他們不可能成為現實國家秩序的順從者，常常表達出對國家制度和現狀的不滿和批評，並以此為自我精神的常態。在民國時代，真正不斷抒發對現實國家「忠誠無二」的只有三民主義、民族主義文學運動的參與者以及國家主義的信奉者。但是，問題在於，與國民黨關聯深厚的三民主義、民族主義文學運動卻始終未能成為文學的主導力量，至於各種國家主義，本身卻又與國民黨意識形態矛盾重重，在文學上影響有限，更不用說其中的覺悟者如聞一多等反戈一擊，在抗戰結束以後以「人民」為旗，質疑「國家」的威權。

　　總而言之，在現代中國的主流作家那裡，國家觀念不是籠統的一個存在，而是包含著內部的分層，對家國世界的無條件的憂患主要是在族群感情的層面上，一旦進入現實的政治領域，就可能引出諸多的歧見和質疑，而且這些自我思想的層次之間，本身也不無糾纏和矛盾，于質夫蹈海之際，激情吶喊：「祖國呀祖國！我的死是你害我的！」在這裡，生死關頭的情感依託是「祖國」，說明「國家」依舊是我們精神的襁褓，寄寓著我們真誠的愛，然而個人的現實發展又分明受制於國家社會的束縛，這種清醒的現實體驗和篤定的權利意識也激發了另外一種不甘，於是，對「國家」的深愛和怨憤同時存在，彼此糾結，令人無以適從。

　　關於民國，魯迅也道出過類似的矛盾性體驗：

　　　　我覺得彷彿久沒有所謂中華民國。

　　　　我覺得革命以前，我是做奴隸；革命以後不多久，就受了奴隸的騙，變成他們的奴隸了。

　　　　我覺得有許多民國國民而是民國的敵人。

　　　　我覺得有許多民國國民很像住在德法等國裏的猶太人，他們的意中別有一個國度。

　　　　我覺得許多烈士的血都被人們踏滅了，然而又不是故意的。

我覺得什麼都要從新做過。〔註31〕

在這裡，魯迅對「民國」的失望是顯而易見的：它玷污了「革命」的理想，令真誠的追隨者上當受騙。然而，當魯迅幾乎是一字一頓地寫下「中華民國」這四個漢字的時候，卻也刻繪了對這一現代國家形態的多少的顧惜和愛護，猶如他在《中山先生逝世後一週年》中滿懷感情地說：「中山先生逝世後無論幾週年，本用不著什麼紀念的文章。只要這先前未曾有的中華民國存在，就是他的豐碑，就是他的紀念。」〔註32〕從君主專制的「家天下」邁入現代國家，民國本身就是這樣一個「先前未曾有」的時代進步的符號，也凝聚著像魯迅這樣「血薦中華」的知識人的思想和情感認同，所以在強烈的現實失望之餘，他依然將批判的刀鋒指向了那些踏滅烈士鮮血的奴役他人的當權者，那些污損了民國創立者的理想的人們，就是在「從新做過」的無奈中，也沒有遺棄這珍貴的國家認同本身。在這裡，一位現代作家於家國理想深深的挫折和不屈不撓的擔當都躍然紙上。

民族認同通常情況下都是與國家觀念緊緊聯繫的。但是，近現代中國，卻又經歷了「民族」意識的一系列複雜的重建過程，而這一過程又並不都是與國家觀念的塑造相同步的，這也決定了現代中國文學民族意識表達的複雜性。在晚清近代，結束帝制、創立民國的「革命」首先舉起的是「排滿」的旌旗，雖然後來終於為「五族共和」的大民族意識所取代，實現了道義上的多民族和解。但是，民族意識的整合、中華民族整體意識的形成並沒有取消每一個具體族群具體的歷史境遇，尤其是在一些特殊的歷史時期，這些細微的民族心理就會滲透在一些或自然或扭曲的文學形態中傳達出來。例如從穆儒丐到老舍，我們可以讀到那種時代變遷所導致的滿人的衰落，以及他們對自己民族所受屈辱的不同形式的同情。老舍是極力縫合民族的裂隙，在民族團結的嚮往中重塑自身的尊嚴，「老舍民族觀之核心理念，便是主張和宣揚不同民族的平等和友好。他的全部涉及國內、國際民族問題的著述，都在訴說這一理念。他一生中所有關乎民族問題的社會活動，也都體現著這一理念。」〔註33〕穆儒丐則先是書寫著族人命運的感傷，在對滿族歷史命運的深切同情中批判軍閥與國民黨

〔註31〕魯迅：《忽然想到》，《魯迅全集》3 卷，北京：人民文學出版社，2005 年，第 16～17 頁。

〔註32〕魯迅：《中山先生逝世後一週年》，《魯迅全集》7 卷，北京：人民文學出版社，2005 年，第 305 頁。

〔註33〕關紀新：《老舍民族觀探賾》，《中國現代文學研究叢刊》2015 年第 4 期。

政治，曲曲折折地修正「愛國」的含義：「我常說愛國是人人所應當做的事，愛國心也是人人所同有的，但是愛國要使國家有益處，萬不能因為愛國反使國家受了無窮的損害。國民黨是由哄鬧成的功，所以雖然是愛國行為，也以哄鬧式出之。他們不能很沉著的埋頭用內功，只不過在表面上瞎哄嚷，結局是自己殺了自己。」〔註34〕到東北淪陷時期，他卻落入了日本殖民者的政治羅網，在意識形態的扭曲中傳遞著被利用的民族意識。同為旗人作家，老舍與穆儒丐雖然境界有別，政治立場更是差異甚巨，但都提示了現代民族情感發展中的一些不可忽略的複雜的存在。

除此之外，我們會發現，作為一種總體性的民族意識和本族群在具體歷史文化語境中形成的人生態度與生命態度還不能劃上等號。例如作為「中華民族」一員的少數民族例如苗族、回族、蒙古族等等，也有自己在特定生存環境和特定歷史傳統中形成的精神氣質，在普遍的中華民族認同之外，他們也試圖提煉和表達自己獨特的民族感受，作為現代中國精神取向的重要資源，其中，影響最大的可能就是沈從文對苗文化的挖掘、凸顯。在湘西這個「被歷史所遺忘」的苗鄉，沈從文體驗了種種「行為背後所隱伏的生命意識」，後來，「這一分經驗在我心上有了一個分量，使我活下來永遠不能同城市中人愛憎感覺一致了」〔註35〕。沈從文的創作就是對苗鄉「鄉下人」生命態度與人生形式的萃取和昇華，為他所抱憾的恰恰是這一民族傳統的淪喪：「地方的好習慣是消滅了，民族的熱情是下降了，女人也慢慢的像中國女人，把愛情移到牛羊金銀虛名虛事上來了，愛情的地位顯然是已經墮落，美的歌聲與美的身體同樣被其他物質戰勝成為無用的東西了」〔註36〕。

三

國家觀念與民族意識的多層次結合與纏繞為中國現代文學相關主題的表達帶來了層巒疊嶂的景象，當然也大大拓展了這一思想情感的表現空間。從總體上看，最有價值也最具藝術魅力的國家—民族表現，最終也造成了中國現代作家最獨特的個人風格。

〔註34〕穆儒丐：《運命質疑》（6），《盛京時報‧神皋雜俎》1935 年 11 月 21、22 日。

〔註35〕沈從文：《從文自傳》，《沈從文全集》第十三卷，太原：北嶽文藝出版社，2002 年，第 306 頁。

〔註36〕沈從文：《媚金、豹子與那羊》，《沈從文全集》第五卷，太原：北嶽文藝出版社，2002 年，第 356 頁。

在中國現代文學中，雖然對國家、民族的激情剖白也曾經出現在種種時代危機的爆發時刻，但是真正富有深度的國家─民族情懷都不止於意氣風發、高歌猛進，而是纏繞著個人、家庭、地域、族群、時代的種種經歷、體驗與鬱結，在亢奮中糾結，在熱忱裏沉吟，在焦灼中思索，歷史的頓挫、自我的反詰，都盡在其中。從總體上看，作為思想─情感的國家民族書寫伴隨著整個中國現代文學跌宕起伏的歷史過程，在不同的歷史關節處激蕩起意緒多樣的聲浪，或昂揚或悲切，或鏗鏘或溫軟，或是合唱般的壯闊，或是獨行人的自遣，或是千軍萬馬呼嘯而過的酣暢，或是千迴百轉淺吟低唱的婉曲，或者是理想的激情，或者是理性的思考，可以這樣說，現代中國的國家─民族書寫，絕不是同一個簡單主題的不斷重複，而是因應不同的語境而多次生成的各種各樣的新問題、新形式，本身就值得撰寫為一部曲折的文學主題流變史。在這條奔流不息的主題表現史的長河沿岸，更有一座座令人目不暇給的精神的雕像，傲岸的、溫厚的、孤獨的、內省的……

　　從晚清到新中國建立的「現代」時期，中國文學的國家─民族意識的演化至少可以分作五大階段。

　　晚清民初是第一階段。在國際壓迫與國內革命的激流中，國家─民族意識以激越的宣言式抒懷普遍存在，改良派、革命派及更廣大的知識分子莫不如此。正如梁啟超所概括的，這就是當時歷史的「中心點」：「近四百年來，民族主義，日漸發生，日漸發達，遂至磅礴鬱積，為近世史之中心點。」〔註37〕從革命人于右任的「地球戰場耳，物競微乎微。嗟嗟老祖國，孤軍入重圍。」（《雜感》）「中華之魂死不死？中華之危竟至此！」（《從軍樂》）到排滿興漢的汗血、愁予之「振吾族之疲風，拔社會之積弱」〔註38〕，從魯迅的《斯巴達之魂》、《自題小像》到晚清民初的翻譯文學乃至通俗文學都不斷傳響著保衛民族國家的豪情壯志。亦如《黑奴傳演義》篇首語所說：「恐怕民智難開，不知感發愛國的思想，輕舉妄動，糊塗一世，可又從哪裏強起呢？作報的因發了一個志願，要想個法子，把大清國的傻百姓，人人喚醒。」〔註39〕近現代中國關於民族復興的表述就是始於此時，只是，雖然有近代西方的民族─國家概念的傳入，作為

〔註37〕梁啟超：《論民族競爭之大勢》，《飲冰室文集》之十第 10 頁，中華書局 1989 年版。
〔註38〕《崖山哀》，《民報》1906 年第二號。
〔註39〕彭翼仲：《黑奴傳演義》篇首語，1903 年（光緒二十九年）3 月 18 日北京《啟蒙畫報》第八冊。

文學情緒的宣言式表達有時難免混雜有中國士人傳統的家國憂患語調。

五四是第二階段。思想啟蒙在這時進入到人的自我認識的層面，因而此前激情式宣言式的抒懷轉為堅實的國家—民族文化的建設。這裡既有作為民族文化認同根基的白話文—國語統一運動，又有貌似國家民族意識「反題」的個人權力與自由的倡導。白話文運動、白話新文學本身就是為了國家的新文化建設，傅斯年說得很清楚：「我以為未來的真正中華民國，還須借著文學革命的力量造成。」〔註40〕胡適說：「我的『建設新文學論』的唯一宗旨只有十個大字：『國語的文學，文學的國語』。我們所提倡的文學革命，只是要替中國創造一種國語的文學。」〔註41〕這裡所包含的是這樣一種深刻的語言—民族認識：「事實上，因為一個民族必須講一種原有的語言，因此，其語言必須清除外來的增加物和借用語，因為語言越純潔，它就越自然，這個民族認識它自身和提高其自由度就越容易。……因此，一個民族能否被承認存在的檢驗標準是語言的標準。一個操有同一種語言的群體可以被視為一個民族，一個民族應該組成一個國家。一個操有某種語言的人的群體不僅可以要求保護其語言的權利；確切而言，這種作為一個民族的群體如果不構成一個國家的話，便不稱其為民族。」〔註42〕後來國語運動吸引了各種思想流派的參與，國家主義者也趕緊表態：「近來有兩種大的運動，遍於全國，一種是國家主義，一種是國語。從事這兩種運動的人不完全相同，因此有人疑心主張國家主義者對於國語運動漠不關心，甚至反對，這就未免神經過敏，或不明了國家主義的目的了。國家主義的目的是什麼，不外『內求統一外求獨立』八個大字，現在我要借著這次國語運動的機會，依著國家主義的目的，說明他與國語運動的密切關係，並表示我們國家主義者對於國語運動的態度。」〔註43〕而在近代中國，對「國家主義」的理解有時也具有某些模糊性，有時候也成為對普泛的國家民族意識的表述，例如梁啟超胞弟、詞學家梁啟勳就認為：「國家主義與個人主義，似對待而實相乘，蓋國家者實世界之個人而已。」〔註44〕陳獨秀則說：「吾人非崇拜國家主義，而作絕對之主張。」「吾國國情，國民猶在散沙時代，因時制宜，

〔註40〕傅斯年：《白話文學與心理的改革》，《新潮》1919 年 5 月第 1 卷第 5 期。

〔註41〕胡適：《建設的文學革命論》，胡適選編《中國新文學大系・建設理論集》，上海：上海良友圖書印刷公司，1935 年，第 128 頁。

〔註42〕【英】埃里・凱杜里著、張明明譯：《民族主義》，北京：中央編譯出版社，2002年，第 61～62 頁。

〔註43〕陳啟天：《國家主義與國語運動》，《申報》1926 年 1 月 3 日。

〔註44〕梁啟勳：《個人主義與國家主義》，《大中華雜誌》1915 年 1 月第 1 卷第 1 期。

國家主義，實為吾人目前自救之良方。」「近世國家主義，乃民主的國家，非
民奴的國家。」〔註45〕五四的思想啟蒙雖然一度對個人／國家的關係提出檢討
和重構，誕生了如胡適《你莫忘記》一類號稱「只指望快快亡國」的激憤表達，
表面上看去更像是對國家—民族價值的一種「反題」，但是在更為寬闊的視野
下，重建個人的權力與自由本身就是現代民族國家制度構建的有機組成，我們
也可以這樣認為，在五四時期更為宏大而深刻的文化建設中，個人意識的成長
其實是開闢了一種寬闊而新異的國家—民族意識。劉納指出：「陳獨秀既將文
學變革與民族命運相聯繫，又十分重視文學的『自身獨立存在之價值』，他的
文學胸懷比前輩啟蒙者寬廣得多。」〔註46〕

　　1920 中後期至 1930 後期是第三階段。伴隨著現代國家民族的現代發展，
中國文學所傳達的國家—民族意識也在多個方向上延伸，不同的文學思潮在
相互的辯駁中自我展示，三民主義、民族主義、國家主義、自由主義、左翼
無產階級、無政府主義對國家、民族的文學表達各不相同，矛盾衝突，論爭
不斷。其中，值得我們深究的現象十分豐富。三民主義、民族主義對國家、
民族的重要性作出了最強勢的表達，看似不容置疑：「我們在革命以後，種種
創造工作之中，要創造一種新文藝，要創造出中華民族的文藝，三民主義的文
藝。因為文藝創造，是一切創造根本之根本，而為立國的基礎所在。」〔註47〕
然而，國家—民族情懷一旦被納入到政治獨裁的道路上卻也是自我窄化的危
險之舉，三民主義、民族主義文學的強勢在本質上是以國民黨的專制獨裁為
依靠，以對其他文學追求特別是左翼文藝的打壓甚至清剿為指向的，在他們
眼中，「民族文藝最大的敵人，是普羅毒物，與頹廢的殘骸，負有民族文化運
動的人，當然向他們掃射。」〔註48〕這恣意「掃射」的底氣來自國家的政治
權威，例如委員長的宣判：「要確定，總理三民主義為中國唯一的思想，再不
好有第二個思想，來擾亂中國」〔註49〕。這種唯我獨尊的文學在本質上正如胡
秋原當年所批評的那樣，是「法西斯蒂的文學（？），是特權者文化上的『前
鋒』，是最醜陋的警犬，他巡邏思想上的異端，摧殘思想的自由，阻礙文藝之

〔註45〕陳獨秀：《今日之教育方針》，《青年雜誌》1915 年 1 月 15 日第 1 卷第 2 號。
〔註46〕劉納：《嬗變》修訂版，北京：中國人民大學出版社，2010 年，第 19～20 頁。
〔註47〕葉楚傖：《三民主義的文藝底創造》，《中央週報》1930 年 1 月 1 日。
〔註48〕劉百川：《開張詞》，《民族文藝月刊》創刊號，1937 年 1 月 15 日。
〔註49〕蔣介石：《中國建設之途徑》，《先總統蔣公全集》第 1 冊，臺北：中國文化大
　　　學出版社，1984 年，第 557 頁。

自由創造」〔註50〕。國家主義在思維方式上與三民主義、民族主義如出一轍，只不過他們對國民黨的文藝政策尚有不滿，一度試圖獨樹旗幟，因而也曾受到政府的打壓；在文學史的長河中，國家主義最終缺少自己獨立的特色，不得不匯入官方主導的思潮之中。在這一時期，內涵豐富、最有挖掘價值的文學恰恰是深受官方壓迫的左翼無產階級文學、自由主義文學，甚至某些包含了無政府主義思想的文學。左翼文學因為其國際共產主義背景而被官方置於國家—民族的對立面，受到的壓迫最多；自由主義、無政府主義因為對個人權力與自由的鼓吹也被官方意識形態視作危險的異端。但是，平心而論，在現代中國，共產主義、自由主義和無政府主義本身就是思想啟蒙的有機組成，而思想啟蒙的根源和指向卻又都是國家和民族的發展，因此，在這些個人與自由的號召的背後，依然是深切的國家—民族情懷，正如自由主義的領袖胡適所指出的那樣：「民國十四五年的遠東局勢又逼我們中國人不得不走上民族主義的路」，「十四年到十六年的國民革命的大勝利，不能不說是民族主義的旗幟的大成功」〔註51〕。換句話說，在自由主義等文學思潮的藝術表現中，存在著國際／民族、國家／個人的多重思想結構，它們構織了現代國家—民族意識的更豐富的景觀。

抗戰時期是第四階段。因為抗戰，現代中國的民族復興意識被大大地激發，文學在救亡的主題下完成了百年來最盪氣迴腸的國家—民族表述，不過，我們也應該看到，由於區域的分割，在國統區、解放區和淪陷區，國家—民族意識的表達出現了較大的差異。在國統區，較之於階級矛盾尖銳的 1920～1930年代，國家危亡、同仇敵愾的大勢強化了國家認同，民族意識更多地融合到國家觀念之中，「抗戰建國」成為文學的自然表達，不過，對國家的認同也還沒有消弭知識分子對專制權力的深層的警惕，即便是「戰國策派」這樣自覺的民族主題的表達者，也依然自覺不自覺地顯露著民族情懷與國家觀念的某些齟齬〔註52〕。在解放區，因為跳出了國民黨專制的意識形態束縛，則展開了對「民族形式」問題的全新的探索和建構，其精神遺產一直延續到當代中國，

〔註50〕胡秋原：《阿狗文藝論》，《文化評論》1931 年 12 月 25 日創刊號，參見上海文藝出版社編輯《中國新文學大系 1927～1937 第 2 集文藝理論集 2》，上海：上海文藝出版社，1987 年，第 503 頁。

〔註51〕胡適：《個人自由與社會進步》，《獨立評論》1935 年 5 月 12 日第 150 號。

〔註52〕參見李怡：《國家觀念與民族情懷的齟齬——陳銓的文學追求及其歷史命運》，《文學評論》2018 年第 6 期。

成為了二十世紀下半葉中國國家─民族文學表達的重要內容。在淪陷區，文學的國家表達和民族表達曖昧而曲折，除了那些明顯「親日媚日」的漢奸文學外，淪陷區作家的思想複雜性也清晰可見，對中華民族的深層情懷依然留存，只不過已經與當前的「國家」認同分割開來，因為滿漢矛盾的歷史淵源，對自我族群的記憶追溯獲得鼓勵，卻也不能斷言這些族群的認同就真的演化成了中華民族的「敵人」。總之，戰爭以極端的方式拷問著每一個中國作家的靈魂，逼迫出他們精神深處的情感和思想，最後留給歷史一段段耐人尋味的表達。

　　抗戰勝利至新中國成立是第五階段。抗戰勝利，為國家民族的發展贏來了新的歷史機遇，如何重拾近代以後的國家─民族發展主題，每一個知識分子都在面對和思考。然而，歷經歷史的滄桑，所有的主題思考也都有了新的內容：例如，近代以來的民族復興追求同時還伴隨著一個同樣深厚的文藝復興或曰文化復興的思潮，兩者分分合合，協同發展，一般來說，在強調國家社會的整體發展之時，人們傾向以「民族復興」自命，在力圖突出某些思想文化的動態之時，則轉稱「文藝復興」，相對來說，文藝復興更屬於知識界關於國家民族思想文化發展的學術性思考。抗戰勝利以後，國家─民族話題開始從官方意識形態中掙脫出來，民族復興不再是民族主義的獨享的主張，它成為了各界參與的普遍話題，因為普遍的參與，所以意義和內涵也大大地拓展，不復是國民黨政治合法性的論證方式，左翼思想對國家─民族的表述產生了更大的影響，這個時候，作為知識界文化建設理想的「文藝復興」更加凸顯了自己的意義。這是歷史新階段的「復興」，包含了對大半個世紀以來的國家─民族問題的再思考、再認識，當然也包含著對知識分子文化的自我反省和自我認識。早在抗戰進行之時，李長之就開始了對五四新文化運動的反思，試圖從發揚本民族文化精神的角度再論文藝復興，掀起「新文化運動的第二期」，1944 年 8 月和1946 年 9 月，《迎中國的文藝復興》一書先後由重慶與上海的商務印書館推出「初版」，出版的日期彷彿就是對抗戰勝利的一種紀歷。新的民族文化的發展被描述為一種中西對話、文明互鑒的全新樣式：「近於中體西用，而又超過中體西用的一種運動」，「其超過之點即在我們是真發現中國文化之體了，在作徹底全盤地吸收西洋文化之中，終不忘掉自己！」〔註 53〕這樣的中外融通既不是陳腐守舊，又不是情緒性的激進，既不是政治民族主義的偏狹，又不等同於一般「西化」論者的膚淺，是對民族文化發展問題的新的歷史層面的剖解。

〔註53〕李長之：《迎中國的文藝復興》，上海：上海商務印書館，1946 年，第 58 頁。

無獨有偶，也是在抗戰勝利前後，顧毓琇發表了多篇關於「中國的文藝復興」的文章，1948 年 6 月由中華書局結集為《中國的文藝復興》，被視作「戰後『復員』聲中討論中華民族復興問題的比較系統、全面的論著」〔註54〕。在顧毓琇看來，文藝復興才是民族復興的前提，而「創造精神」則是文藝復興的根本：「中國的文藝復興乃是根據於時代的使命，因此不能不有創造的精神。中國的文藝復興，乃是根據於世界的需要，因此不能違背文化的潮流。以文化的交流培養民族的根源，我們必定會發揮創造的活力，貫徹時代的使命。」〔註55〕1946 年初，誕生了以《文藝復興》命名的重要文學期刊，「勝利了，人醒了，事業有前途了。」〔註56〕《文藝復興》的創刊詞用了一連串的「新」，以示自己創造歷史的強烈願望：「中國今日也面臨著一個『文藝復興』的時代。文藝當然也和別的東西一樣，必須有一個新的面貌，新的理想，新的立場，然後方才能夠有新的成就。」「抗戰勝利，我們的『文藝復興』開始了；洗蕩了過去的邪毒，創立著一個新的局勢。我們不僅要承繼了五四運動以來未完的工作，我們還應該更積極的努力於今後的文藝復興的使命；我們不僅為了寫作而寫作，我們還覺得應該配合著整個新的中國的動向，為民主，絕大多數的民眾而寫作。」〔註57〕創造和新並不僅僅停留於理想，《文藝復興》在 1940 年代後期發表了一系列對個人／國家／民族歷史命運的探索之作：小說《寒夜》、《圍城》、《引力》、《虹橋》、《復仇》，戲劇《青春》、《山河怨》、《拋錨》、《風絮》，以及臧克家、穆旦、辛笛、陳敬容、唐湜、唐祈、袁可嘉等人的詩歌；求新也不僅僅屬於《文藝復興》期刊一家，放眼看去，展開全新的藝術實踐的不只有解放區的「大眾化」，1940 年代後期的中國文學都努力在許多方面煥然一新，中國現代作家的自我超越也大都在這個時期發生，巴金、茅盾、沈從文、李廣田……

　　此時此刻，思想深化進入到了一個新的歷史階段，一些基於國家、民族現狀的新的命題出現了，成為走向未來的歷史風向標，例如「民主」與「人民」，解放區的政治建設和文化建設是對這兩個概念的最好的詮釋。不過，值得注意

〔註54〕《顧毓琇全集》編輯委員會：《顧毓琇全集‧前言》，《顧毓琇全集》第 1 卷，瀋陽：遼寧教育出版社，2000 年，第 3 頁。

〔註55〕顧一樵：《中國的文藝復興》，原載《文藝（武昌）》1948 年 3 月 15 日第 6 卷第 2 期。

〔註56〕李健吾：《關於〈文藝復興〉》，《新文學史料》1982 年第 3 期。

〔註57〕鄭振鐸：《發刊詞》，《文藝復興》1946 年 1 月 10 日創刊號。

的是，這兩大主題也不僅僅出現在解放區的語境中，它們同樣也成為了戰後中國的普遍關切和文學引領。前者被周揚、馮雪峰、胡風多番論述，後者被郭沫若、茅盾、艾青、田漢、阿壟、聞一多熱烈討論，也為穆旦、袁可嘉、朱光潛、沈從文、蕭乾深入辨析，現實思想訴求與藝術的結合從來還沒有在藝術哲學的深處作如此緊密的結合〔註58〕。「人民」則從我們對國家─民族的籠統關懷中凸顯出來，成為一個關乎族群命運卻又拒絕國民黨專制權力壓榨的強有力的概念，身在國統區的郭沫若與聞一多等都對此有過深刻的闡發。左翼戰士郭沫若是一如既往地表達了他對專制強權的不滿，是以「人民」激活他心中的「新中國」：「文藝從它濫觴的一天起本來就是人民的。」「社會有了治者與被治者的分化，文藝才被逐漸為上層所壟斷，廟堂文藝成為文藝的主流，人民的文藝便被萎縮了。」「一部文藝史也就是人民文藝與廟堂文藝的鬥爭史。」「今天是人民的世紀，人民是主人，處理政治事務的人只是人民的公僕。一切價值都要顛倒過來，凡是以前說上的都要說下，以前說大的都要說小，以前說高的都要說低。所以為少數人享受的歌功頌德的所謂文藝，應該封進土瓶裏把它埋進土窖裏去。」〔註59〕曾經身為「文化的國家主義者」的聞一多則可謂是經歷了痛苦的自我反省和蛻變。激於祖國陸沉的現實，聞一多早年大張「中華文化的國家主義」〔註60〕，但是在數十年的風雨如晦之後，他卻幡然警悟，在《大路週刊》創刊號上發表了《人民的世紀》，副標題就是：「今天只有『人民至上』才是正確的口號」。無疑，這是他針對早年「國家至上」口號的自我反駁。這樣的判斷無疑是擲地有聲的：「假如國家不能替人民謀一點利益，便失去了它的意義，老實說，國家有時候是特權階級用以鞏固並擴大他們的特權的機構。」「國家並不等於人民。」〔註61〕倡導「人民至上」，回歸「人民本位」，這是聞一多留在中國文壇的最後的、也是最強勁的聲音，是現代中國國家─民族意識走向思想深度的一次雄壯的傳響。

〔註58〕參見王東東：《1940年代的詩歌與民主》，臺北：政治大學出版社，2016年。

〔註59〕郭沫若：《人民的文藝》，1945年12月5日天津《大公報》。

〔註60〕聞一多：《致梁實秋》（1925年3月），《聞一多全集》第12卷，武漢：湖北人民出版社，1993年，第214頁。

〔註61〕聞一多：《人民的世紀》，原載於1945年5月昆明《大路週刊》創刊號，《聞一多全集》第2卷，武漢：湖北人民出版社，1993年，第407頁。

目次

說　明

　　一、在編排上，本書根據內容分類四輯：王余杞的生平，王余杞談創作及文學活動，王余杞研究評論文章選編，王余杞著譯、編刊及研究資料目錄。第一輯輯錄了關於王余杞生平的幾篇文章，包括王余杞的生平自述、王余杞兒女對父親生平經歷的回憶和說明。第二輯分為三部分，第一部分選錄了王余杞部分作品的序言及後記；第二部分選錄了王余杞為其主編期刊、報紙副刊所撰寫的發刊詞、編輯後記、致讀者等文字；第三部分輯錄了部分王余杞對各階段人生經歷和文學活動的回憶性文章。第三輯選錄了上世紀二十年代以來對王余杞其人、其作品、其參與社團的介紹、說明、評論、研究性文章，以及部分王余杞作品的廣告。第四輯收入了王余杞的著譯年表、所編刊物目錄彙編、研究資料目錄索引。

　　二、由於部分報刊、圖書搜集困難，王余杞的著譯年表、所編刊物目錄彙編、研究資料目錄索引均不可避免地存在一定缺漏。

　　三、本書按照初刊本優於初版本、初版本優於後續版本的原則錄入文章，對於暫未找到初刊本的部分文章，按初版本或《王余杞文集》所收版本錄入。

　　四、本書選編文稿時，儘量保留正文及注釋原貌。對原文出現的錯誤之處用腳注方式指出，原文漫漶之處用□標識。

　　五、本書所收《王余杞著譯年表》中的各條信息優先按創作時間排序，未見創作時間者按發表時間排序。

　　六、本書的編輯得到了王平明、王若曼、趙國忠、王發慶、陳青生等先生的支持與幫助。

第一辑　王余杞的生平

我的生平簡述 [註1]

王余杞

　　1905 年 3 月 9 日（農曆乙巳年二月初三）生於四川省自貢市。家庭是地主兼鹽井工商業者。三歲時，父親王滌懷去了日本留學，參加了同盟會；留學三年回國，提倡教育救國。

　　1913 年，上樹人小學讀書，讀文言書。隨後認字漸多也讀一些課外書和各種舊小說。愛看戲（川劇），愛聽故事性的「聖諭」。當兵荒馬亂、學校中斷的時候，看課外書特別勤。

　　1921 年暑假，小學畢業。奉父命隨一個表哥上北京讀書。父親一來是貫徹提倡教育的方針，二來是眼見重慶和江津的鹽務商業資本壓倒當地工商業，壟斷了外銷市場，我家逐漸中落。我父親交給我的任務便是重振家業，光耀門庭。

　　離開自貢，到了重慶，要改搭輪船。這時學生運動興起，抵制日貨，也連帶抵制日本輪船。這就使我睜開了眼，擴大了視野，說什麼「光耀門庭」，這裡還有一個愛國教育的大問題。

　　10 月底到北京。1922 年寒假後，由於表哥的兒子上的是勵志中學，我也就投考該校的插班，上了一年級第二學期。

　　該校是段祺瑞系統的軍閥辦的，帶軍事性質。讀了一年，我感到拘束，自動退學，住到馬神廟一家公寓裏自修。從此讀到一些新書刊，聽到一些新演講，到處參加社會活動。1923 年，參加了在中國大學舉行的「二七」追悼大會，又一次使我開竅，對軍閥的專橫殘暴，極為憤慨。

〔註 1〕原載《新文學史料》1999 年第 3 期，第 116～119 頁。後收入王余杞著、王平明、王若曼整理《王余杞文集》（下），花山文藝出版社 2016 年版，第 579～581 頁。《王余杞文集》（下）未收錄初刊時陳青生的附言，現據原刊版補錄。

　　1924 年，考入北京交通大學預科。經過「三一八」的血腥教育，於 1925 年參加中國共產黨。依照國共合作的方針，同時也參加了國民黨。入黨後，除學習文件外，還搞宣傳，最後搞過一次全城貼標語、發傳單，準備暴動的活動。

　　1926 年，陳道彥（小組的負責人，後改名陳明憲）約我和朱大枬、徐克，後又約了王志之、翟永坤，辦了一個文藝半月刊《荒島》。在該刊第六期上，登了我一篇短篇小說《A Comedy》。這篇習作，被在上海的郁達夫看見，便發表了一封公開信加以贊許。以後我們就通起信來。

　　我們幾個人同時還在交大校內辦了個平民夜校，如同工會辦的工人夜校一樣，這也是組織上號召辦的，北京的各大學都一致行動。

　　1927 年，形勢大變，刊物辦不下去，夜校也辦不下去。我隱蔽了一個時期，連組織也找不到了。陳道彥、朱大枬和我還在一起，但大家都不提起這件事。不久，陳道彥就轉學到法學院去了；我和朱大枬參加了「徒然社」，在《華北日報》上出了一個《徒然》文學週刊，就這樣地軟弱下來了，改稿寫作。

　　1928 年暑假，我同朱大枬、翟永坤在北平文化學社出版了一本三人的詩文合集《災梨集》。我的那部分叫作《百花深處》，是我初期的小說習作。

　　1929 年暑假，我去上海實習，會見了郁達夫，他還為我在上海春潮書局出版的《惜分飛》（即包括有《A Comedy》一篇）寫了序。又因郁達夫的介紹去看望了魯迅，給魯迅主編的《奔流》轉譯了契訶夫的《愛》。

　　1930 年我在交大畢業，分配到天津北寧鐵路工作，業餘仍然搞創作。1931 年在北平星雲堂出版了長篇小說《浮沉》。我由寫學生生活轉而寫社會革命。我把投稿的範圍發展到上海，但根據地還是在天津。在沒成為漢奸報紙以前的《庸報》上辦過一個週刊《噓》，取魯迅的「五講三噓」之義。又幫助海風社出版了詩刊《海風》。

　　「九一八」後，我替北寧鐵路局編寫過一本《事變紀要》（主要記載鐵路遭受的損失，書未署名），我又在北平星雲堂出版了一個鐵路論文小冊子《北寧鐵路之黃金時代》，論述東北鐵路東、西四路聯運的過程和作用。

　　1934 年，宋之的要我在天津出版大型雜誌，以容納在上海被檢查抽掉的稿子。雜誌取名《當代文學》，受到當時的重視，但出了六期也就出不下去了。這時我已參加了北方左聯，往來於北平、天津間，在天津又出版了一個短篇集子《朋友與敵人》，矛頭針對國民黨的暴政。

　　1935 年的夏天，在青島參加了一個短期週刊《避暑錄話》的寫稿。

1936 年參加北方左聯改組的北平作家協會。在上海出版長篇小說《急湍》，因為內容抗日，改用筆名「隅棨」。冬天，開始在天津《益世報》副刊連載小說《海河汩汩流》，寫日本帝國主義以天津為侵略的大本營，並出現海河浮屍。到 1937 年 7 月底，隨著天津的淪陷，報紙停刊，小說連載也被中斷。

1937 年編成短篇小說集《落花時節》，未得出版，稿已散失。這年 7 月，日軍侵略華北，天津被占，我南下參加上海救亡演劇隊第一隊轉赴西北。在途中，發現上海有人編輯出版我的一個短篇小冊子《將軍》。演劇隊又集體編寫過多幕劇《八百壯士》（有我參加）。

1938 年從臨汾到武漢，同劉白羽合寫了一本《八路軍七將領》。我寫的《朱德》、《賀龍》、《林彪》三篇，《賀龍》一篇得到別的叢刊選收。書後被禁。

8 月回到四川自貢市，任《新運日報》主筆，按日寫《我的故鄉》散文，寫到 1940 年 3 月，約共四百篇，每篇千字左右。內容堅持抗戰，迎接新生事物。

1939 年擔任自貢市歌詠話劇團團長。

1940 年 3 月在成都被捕，三個多月後，經人保釋，但不許離開成都。10 月入四川驛運處工作，又回到國民黨的機關單位。

1941 年，開始寫長詩《抗日烽火曲》。1942 年初參加成都文協，任理事。1943 年長詩在成都文協會刊《筆陣》上發表，僅發表了一期，第二期就被檢查官「免登」。

1944 年在成都東方書社出版長篇小說《自流井》，用筆名「曼因」，書中寫井鹽生產和工商業者的失敗，用四川方言。當時頗行銷，現尚有人希望重印。

1945 年在重慶出版補寫完篇的《海河汩汩流》，補寫成老一代死去，新一代前進。

1946 年寫成長詩《抗日烽火曲》約三千行。

日本投降後回到北方，起初在鐵路上工作，以後到了國民黨天津市政府，任主任秘書，當時的藉口是對抗國民黨搞文化活動，特別是話劇運動和京劇的革新。

1949 年天津解放，到北京，在鐵道部人民鐵道出版社當編審。編寫了《中國鐵路史話》一書，尚未出版。

1957 年，被錯劃為右派。1978 年改正，退休。編寫了《毛澤東詩詞解說》、《歷代敘事詩選》，後者已由貴州人民出版社承諾出版。

1981 年任武漢華中工學院兼職教授。

1982.8.15

附言

八十年代初、中期，我同王余杞先生有過好幾年不間斷的通信聯繫。通信的內容，先是關於抗戰時期王先生在自貢《新運日報》上連載散文《我的故鄉》的寫作情況，隨後又圍繞這部作品的重新編選及謀求出版，再以後我們的話題漸談漸寬，述舊話今，談文說世，幾近暢所欲言。這當中，有王先生囑我辦事，但更多的還是我向王先生問學求教。在我與王先生建立聯繫不久，有一次我致信王先生，冒昧提出希望瞭解王先生一生的經歷。王先生很快回信，並隨信寄來了這篇《我的簡述》。國內出版的幾種《中國現代作家辭典》中的王先生簡介，以及王先生逝世後一些報刊登載的王先生生平，都不如王先生親撰的這篇生平簡述翔實生動，明晰扼要。

這裡發表的《我的簡述》，由我根據王先生手稿繕抄、整理而成，手稿中的個別筆誤做了更改。王先生的《我的簡述》對自己的經歷寫到 1982 年，這以後幾年的王先生簡況，則大致如下：

1984 年，王先生與聞國新先生合著的《歷代敘事詩選》由貴州人民出版社出版。

1986 年以後，年逾八旬的王先生離開華中工學院（現華中理工大學），攜夫人遷居河北槁城次女處，筆耕不輟，先後寫成《在天津的七年》、《冶秋和我》等回憶文章。

1988 年，王夫人逝世，王先生悒鬱成疾，後為改換環境移居廣東汕頭長女處，直至 1989 年 11 月病逝。

上述諸項，均承王先生長女王華曼女士相告。公告於此，以作王先生《我的簡述》之補充。

（陳青生）

懷念父親王余杞〔註1〕

王華曼

　　我的父親王余杞，被病魔纏身近十年，終於在 1989 年 11 月 12 日遠離我們而去了。他是一個對子女十分寬容的父親，支持子女奮發向上的父親。在我記憶的長河中，我們姐弟小時候無論怎樣淘氣，怎樣打擾了他伏案工作，他都極少斥責我們。記得的只是常坐在他的膝上聽他講安徒生童話、《一千零一夜》、讀冰心的《寄小讀者》和學唱抗日救亡歌曲。小學時，我不僅囫圇吞棗，看父親書架上的進步書刊，而且生吞活剝地偷看他抽屜中經過偽裝的禁書，如裝潢成線裝《石頭記》的《死魂靈》等。中學時，更直接接受了父親思想的影響，憎恨國民黨的貪官污吏、橫征暴斂，最後，導致我走向革命。入伍時，我還不足十六歲，我是長女，弟妹都還幼小，父母不僅希望我留下繼續求學，也希望我在家協助帶領弟妹。但是，當父親見我決心已定，終於克制了小我，慷慨詠詩《送曼兒南下》（發表在《天津日報》）：「天翻地覆史更新，眾志成城夙願伸；南下叮嚀當緊記：向人學習為人人！」這同樣也表達了父親當時的情懷。1955 年，我從部隊轉業，考入華南師範學院，當時我的大兒子剛八個月，為了支持我升學，父母親代我撫養孩子直到我畢業。那是何等樣的四年啊，全國人民經歷了「粉碎胡風反革命集團」和「反右」鬥爭等運動，像具有父親那樣經歷的人，均不可逆轉地被捲進去了，父親由降職降薪到只領生活費、直至送去勞動改造，但始終沒有中斷過支持和供應我們姐弟讀書。我的妹妹和弟弟在那極左颶風的年代，都爭氣地分別考上了河北醫學院和中國科技大學。自我參加革命直到我和愛人離休後接來老父親同住的四十年間，由於種種原因，我極少

〔註 1〕原載《新文學史料》1991 年第 2 期，第 145～146 頁。

回家探視父母，更談不上瞻養，面對父母對我的支持，我是有愧的，但是寬容的父親，對子女無怨無艾。

　　父親於 1905 年 3 月出生於地主家庭，但不留戀那種養尊處優的寄生生活，與家庭決裂，於 1921 年由親戚帶他到北京上學。靠勤工儉學，就讀於北京交通大學，畢業前夕還東渡日本實習。在交大期間（1926 年）即與我地下黨產生了聯繫（因係單線聯繫，組織被破壞後沒有接上關係）。參加創辦平民夜校，幫助勞苦群眾學文化、學科學。與此同時，不是文學科班出身的父親，一個窮學生，「只是被一些社會現實刺激著，骨鯁在喉，不吐不快。」開始了他辛勤的寫作生涯。從 1930 年至 1937 年，短短的七年間，在魯迅、郁達夫等前輩的關懷指導下，父親利用業餘時間，除了發表多篇短篇，出了三個短篇集：《災梨集》（係與人合出）、《惜分飛》、《朋友與敵人》，還出版了小說《浮沉》《自流井》《急湍》《海河汩汩流》等長篇。這個階段，父親參加了左聯，創辦了左聯刊物之一《當代文學》、《荒島》週刊《噓》，並協助革命青年詩人們主辦的《海風》詩刊等。父親的文章，揭露了封建地主豪門；鞭撻了帝國主義侵略者；抨擊了國民黨的黑暗統治。「七‧七」事變，天津淪陷。友人向父親透露：他已上了日本特務的黑名單，父親只好拋下母親和我，隻身南下，參加了抗日救亡演劇隊，奔赴抗日前線。在此期間，父親採寫了《八路軍及其七將領》，出了單行本。這些通訊熱情謳歌了老帥們及抗日將士的英勇業績，大大鼓舞了前後方的抗日鬥志。工作結束，父親回到家鄉四川自貢市，在地下黨的領導下主編了《新運日報》。同時出任當地赫赫有名的抗敵歌詠話劇團團長，由於一系列的抗日救亡活動，父親於 1939 年被國民黨投入了監獄。父親的青年時代是努力奮發向上的，是充滿了戰鬥拼搏精神的。

　　父親又是忍辱負重的。1949 年 1 月天津解放。解放前夕他在偽市府工作，父親愉快地辦理了移交。「天翻地覆史更新，眾志成城夙願伸」的確是他發自肺腑的歡呼。五十年代初，他重新回到自己熱愛的鐵路，在鐵道部出版社任編審。但是，自「粉碎胡風反革命集團」開始，噩運便緊緊追隨著他。反右時，他被定為極右，他帶著膿血不止的痔瘡，有時甚至脫肛，去到十三陵水庫勞動。不久又被送到青海高原勞動，最後下放到福建鐵路的一個採石場。這時的父親已是六十多歲的人了。一次，我的弟弟前往探望雙親。母親帶領他去工地．遠遠指著一個在烈日下戴著一頂散了圈的草帽、身著一身破舊勞動服、坐在地上用鐵錘打碎石的老頭說：「那就是你爸。」眼見被曬得黝黑而且瘦骨伶仃的父

親，弟弟幾乎認不出來了。儘管這樣，父親仍然堅持在家門口掛一塊語錄牌，日日更新。那時，矛頭主要對準黨內走資本主義道路的當權派。而父親已是只「死老虎」，無人問津了。但父親仍然戴著他的鐵路路徽，用好幾層紙包著他那已磨損了的工會會員證（這是批鬥他時唯一忘了收繳的東西）。我們知道，作為一個「與人民為敵的右派分子」，在當時來講，早已被剝奪一切政治權利，工人階級隊伍中哪還有他的立錐之地。但是當家人看著老人用顫抖的雙手反覆包裹著他認為唯一能證明他身份的寶貝，誰也沒有勇氣去掐斷他這一絲希望。

1979 年，父親得到平反，得到了新生。在為國為己歡慶之餘，父親痛惜失去了的歲月，他恨不能時光倒流，一面四處尋找失散的書稿，一面也認識到自己要重新創作已力不從心。於是他，一個七十五歲的老人，又埋頭複習起英語來，他想搞翻譯。在和熙的春風吹拂下，我的已年近八旬的老父親，以和生命賽跑的驚人毅力，居然和老友聞國新叔叔合作，在 1984 年出版了他最後的一本書：《歷代敘事詩選》。十年來，黨和人民給父親以充分的肯定，邀稿的信如雪片般飛來；華中理工大學聘他為名譽教授；《中國文學家辭典》稱他為現代作家，介紹了他的簡歷；海外也傳來佳音：他失散已久的長篇小說《自流井》，竟赫然陳列在美國華盛頓、美國國會圖書館的書架上；為紀念「左聯」成立六十週年，上海魯迅紀念館來函邀集他這位左聯老戰士撰寫回憶；湖北《當代天下名人作品徵集專藏室》來函徵集父親的作品、手稿、簡歷、照片和錄音等等。但是晚了，一切都晚了。父親緊握筆的手終於遺憾地鬆開了。

安息吧，父親！您永遠活在兒女們心中。

《王余杞文集》前言 [註1]

王平明　王若曼

　　王余杞於 1905 年 3 月 9 日出生於在清末民初發達起來的四川鹽業世家。1913 年，上「樹人學堂」讀書。但由於封建家境敗落，曾經留學日本，並在參加過同盟會從事教育工作的父親的支持下，北上求學，走出四川，到達北平，首次開闊了自己的人生視野。他瞭解到社會的不平等、政治的黑暗，開始覺悟到「社會被少數人把持著，壟斷經濟的大權，壓榨著大多數的人類，把大多數的人的血汗所換來的盈利來供他們享樂」[註2]。因此在求學期間就積極地對舊社會的黑暗和腐朽進行抗爭，並和同學們辦起平民學校幫窮人受教育。他也親身感受到落後的半封建半殖民地社會的祖國被帝國主義列強欺凌，開始懂得愛國是比重整家業要重要得多的道理。

　　王余杞雖然在交通大學北平鐵道管理學院求學，但他一直酷愛文學創作，早在大學時代就和志同道合的同學們組織起文學創作社團，出版刊物。他學生時代的作品就得到著名作家郁達夫的高度讚賞。被稱作為「『力』的文學」[註3]。並由郁達夫介紹結識了自己崇拜的魯迅先生。王余杞之所以熱愛寫作是因為他認為「小說作者本其生活的體驗，犀利的觀察，豐富的修養，代表社會，暴露社會，一篇成熟作品可以引起任何讀者內心的共鳴……從而更引起大眾改進社會的決心，改造社會的行動」[註4]。他用文字來喚起民眾，用

〔註1〕王余杞著，王平明、王若曼整理《王余杞文集》（上），花山文藝出版社 2016年版，第 1～4 頁。

〔註2〕王余杞《女賊的自白》，1931 年 3 月 26 日《晨報》副刊。

〔註3〕郁達夫《惜分飛·序》，1929 年 7 月 15 日上海春潮書局出版。

〔註4〕王余杞《我的故鄉·紀念魯迅先生》，1939 年《新運日報》。

筆作為和向敵人戰鬥的武器。他從一個追求進步的文學青年，逐漸成長一個為被壓迫，被剝削的勞苦大眾爭取解放進行戰鬥的左翼作家。他不僅僅寫文章，還孤軍奮戰地一個人主編大型文學刊物《當代文學》，把在其他地區被反動當局圍剿的左翼作家的文章在天津出版，成為北方左聯的一個重要陣地。因為他認為「實在太需要匕首、投槍、尖刀、響箭、暴雨、狂飆、驚雷、閃電……摧枯拉朽，把這樣一個世界打個稀巴爛！」〔註5〕當時著名美國作家埃德加·斯諾評價這一刊物是「刊有論現代中國文學的極有價值的資料」。他的文章不僅有對黑暗的社會的批判，對腐敗的政客和黑暗官場中的鉤心鬥角的揭露，對社會底層小人物、青年知識分子的苦悶的生活和心境的生動描寫，更是對被壓迫的勞動者階層，掙扎在死亡線上的貧窮婦女和兒童的悲慘命運充滿了同情，對社會的不平等和不公正現象而發出抗爭的聲音。

然而，王余杞所處的北方是日本帝國主義的侵略第一線。1928 年屠殺中國人的濟南慘案，1931 年在日本殖民統治下的朝鮮的暴動排華事件，九一八事變，海河被殺害的同胞浮屍……一次又一次地使他激憤和覺醒。1931 年，王余杞由於當時在北寧鐵路任職，是最先得知由鐵路電訊傳到關內的被日寇封鎖的震驚中外的「九一八」事變消息的人之一。他曾回憶到：「那噩耗直如一個焦雷地鎮住了全公事房的每一個人！」王余杞當時感到：「熱血在我橫身激蕩——顫抖著手，我提起了筆，筆不停揮地寫，寫，寫，寫出：日本侵華是其三十年來的一貫政策，這次事變非濟南慘案可比，我們的對策，惟一的只有戰！戰！戰！」〔註6〕他率先對日寇的罪行予以揭露。王余杞在 1936 年和青年詩人邵冠祥和曹棣華（二者當年即慘遭日寇憲兵隊殺害）等在天津編輯出版的文學刊物《海風詩歌小品》發表的一篇文章中大聲疾呼「以『剿匪』為口號，一百個錯誤，那是媚外的行為……我們應該馬上改口，改口喊出：『抗敵！』」「『敵』才是我們的對象，『抗』才是我們的任務；最後的『民族解放』大功告成，就必須以『抗敵』為目的，也必須以『抗敵』為手段。前線戰士的餐風飲雪，誓拼生死，為的是『敵』而不是為的『匪』；後方群眾的組織宣傳，協助接濟，也為的是『敵』而不是為的『匪』——在現狀中沒有『匪』的存在，只有『敵』的壓迫。……」他還提出抗日的戰線應擴展到敵人後方去：「……在保守現有的疆土之外，還須把我們的國防線推展到我們的國境上去。……反守

〔註 5〕王余杞《記〈當代文學〉》，1979 年 11 月《新文學史料》第五期。
〔註 6〕王余杞《我的故鄉·八度「九一八」》，1939 年《新運日報》。

為攻」〔註7〕。王余杞在這一時期以筆作武器，創作了許多長短篇小說、詩歌、劇本、時評和隨筆來揭露日寇侵華的陰謀，並全方位的描述抗戰中的人民遭受的苦難，如「土地被蹂躪，財富被劫掠，老弱填溝壑，婦女被姦淫」〔註8〕；而一些為了個人發財謀利的貪腐之徒則淪為日寇侵略的漢奸走狗。他還寫到不願做奴隸的熱血青年團結起來深入廣大地區，喚起民眾，爭當義勇軍，奮起奔赴抗戰前線；愛國士兵堅決抵抗日寇的侵略，在冰天雪地中利用夜戰、近戰的戰術造成敵人飛機大炮無能為力，用大刀奮勇殺敵；相比之下，當權的「將軍」們卻為爭錢、爭利、爭個人地盤消極抗戰，最後出賣國家利益，向敵人妥協，可恥地投降。王余杞認為：「用文字寫出來的……自然也是抗戰，利用文藝去喚醒民眾，宣傳民眾，發動民眾，教育民眾，訓練民眾，組織民眾，有時是比了政府功令，漂亮演講，機械說教，乾燥論著，尤為普及，深入，而多效果；文藝感人最深，收效於不知不覺之間，儼然不讓一種堅銳的武器」〔註9〕。

　　七七事變後，為逃避敵人的迫害，他拋家捨業南下參加上海救亡演劇一隊，曾任總務，輾轉數省，歷經數月宣傳抗日救國，與各地抗日軍民展開座談，宣講、組織和動員當地文藝工作者進行抗戰活動，最後到達山西臨汾八路軍總部進行慰問，受到包括朱德、彭德懷、任弼時、賀龍、肖克、傅鍾、彭雪楓等將軍的接見。後來他與劉白羽發表了在國統區暢銷的首部介紹共產黨領導的抗日武裝的書《八路軍七將領》〔註10〕。王余杞除了發表過許多描寫中國人民在日寇侵略中遭受的苦難的抗戰文章，更難能可貴的是，他同樣認為日本普通老百姓也是日本帝國主義的侵華戰爭中的受害者。例如他在一篇文章中寫到一位丈夫死於侵華戰爭的合田夫人：「她看見和她同樣命運的人們的飢餓的臉色，她看見許許多多血肉模糊的死屍作了無謂的犧牲。這其間有她自己，也有她丈夫！」〔註11〕他認為與「敵國受壓迫的民眾」應該「……互相幫助：他們幫助我們抗戰，打到日本法西斯軍閥強盜，爭取我中華民族的生存獨立，我們幫助他們革命，打倒日本法西斯軍閥強盜，爭取他日本民族的解放自由，互相間都是有利的。」〔註12〕從王余杞所發表的作品中我們可以讀到從東北的九一

〔註7〕王余杞《抗敵——進攻》，1936年12月10日《詩歌小品》第3期。
〔註8〕王余杞《我的故鄉·五月》，1939年《新運日報》。
〔註9〕王余杞《我的故鄉·抗戰文藝》，1939年《新運日報》。
〔註10〕劉白羽、王余杞《八路軍七將領》，1938年3月1日上海雜誌公司出版。
〔註11〕王余杞《歡呼聲中的低泣》1931年10月14日《晨報》副刊。
〔註12〕王余杞《我的故鄉·和》，1939年《新運日報》。

八到上海的「一・二八」，從平津的七七事變到南京大屠殺，從東北義勇軍到
共產黨領導的八路軍，從在北方前線抗敵的中國軍民到上海固守四行倉庫的
八百壯士，以及西南大後方的抗戰活動等中國抗戰的歷史畫面……其涉及時
間、地域、以及抗戰時期中的各種人物範圍之廣，其扣緊時代脈搏、貼近現實
之深，是當時少有的。

　　對於抗戰最後取得勝利，王余杞自豪地說「中國又何愧於五強之一」，「勝
利的鑄造雖主要的由於盟軍，但倘使敵人不虛耗他大部分兵力於中國戰場，勝
利勢將無由如此迅速而得。中國有著艱苦牽制敵兵之功，勝利於中國有份，我
們當之而心安理得！」〔註13〕抗戰勝利後，王余杞對接受日本投降過程中接受
者對日本人繼續卑躬屈膝，但對收復區的中國人加以歧視深為不滿。有文章提
到：「在大後方從事八年抗戰文化工作的天津作家王余杞返回天津後，對國統
區的現狀作了異常尖銳的公開批評」〔註14〕。「敵人投降，我們接受，接受者
就是勝利者。勝利的姿勢以對於收復區的中國人為限。對日本人卻不然，那是
所謂『寬大』。日本人仍然大模大樣地極盡享受，我們若熟視之而無睹，似乎
中國人向來有尊敬洋人的脾氣，日本人雖然戰敗，到底仍是洋人，我們不加尊
敬就會怪不好意思。至於中國人呢？則不在話下，一切都是『偽』。但是「儘
管『偽』者終淪為『偽』，偽中之奸，倒又得巴結而扶搖直上了。」〔註15〕以
上這些都體現出王余杞在抗戰中堅定的勇氣、正直的立場和無比的愛國熱忱。

　　王余杞一生發表過大量而廣泛的文藝作品，其中包括小說、散文、隨筆，
詩歌、劇本和攝影作品，還主編過許多文藝刊物或報紙文藝副刊，參與過戲劇
改革。有人評價他寫的小說「文字流利」〔註16〕，並善於刻畫人物的心理。他
對自己的故鄉四川自貢和他視為第二故鄉的北平和天津一帶的方言和民俗有
獨到的觀察和生動的描寫。這些文章也成為今天瞭解和研究當地歷史和文化
不可多得的文獻。

　　2015 年是中國人民抗日戰爭勝利 70 週年，也是作家王余杞 110 週年誕
辰。王余杞早在抗戰勝利之前的 1939 年就曾提出我們中國應該永記抗戰的勝

〔註13〕王余杞《人我之間》，1946 年 6 月 15 日《文聯》2 卷 7 期。

〔註14〕張泉《抗戰時期的華北文學・現場的證詞（一）》，2005 年 5 月貴州教育出版
　　　　社出版。

〔註15〕王余杞《人我之間》，1946 年 6 月 15 日《文聯》2 卷 7 期。

〔註16〕許君遠《對王余杞長篇小說〈浮沈〉的書評》，1933 年 4 月 25 日《晨報》。參
　　　　見許君遠著、眉睫、許乃玲主編《許君遠文存》，2009 年秀威出版。

利：「我們抗戰，為我全民族之一最偉大的紀念日，兒兒輩輩代代，紀念不
衰。」〔註17〕為了這一不能忘卻的紀念，經過數年的努力，我們有幸收集到
王余杞的部分作品來出版這一文集。我們希望當今的人們瞭解這位中國的現
代作家，並和大家分享和研究他生前的，特別是抗戰時期的文藝作品。讓我們
通過閱讀他的作品瞭解在祖國在抗戰的艱苦年代，一個愛國的左翼文藝戰士
是如何用筆來救國，與日寇及其漢奸走狗進行英勇戰鬥的。本書的出版也是對
他和像他一樣的抗日文藝戰士的紀念。王余杞在中國抗戰救亡史和中國現代
文學史中的歷史功績是不應該被忘記和埋沒的。

〔註17〕王余杞《我的故鄉・五月》，1939 年《新運日報》。

第二輯　王余杞談創作及文學活動

《惜分飛》後記 [註1]

今年春間，我從上海回來，一些朋友都很高興地向我說：

「我們先前想出種刊物沒有辦成，今天你回來了，多努點力吧，大家來幹一吓！」

我因為剛從上海熱鬧場中跑回來，也覺得北京的文藝界太沈寂，便毫不遲疑地答應了。於是開會，繳費，出刊，不久間，一本薄薄的半月刊便和社會相見。

先是，大枬把稿子收齊了，向我說還差篇小說，叫我寫出來，而且明天就得交卷，因為馬上就付印了。我推辭了他，說沒有工夫；然而不成，還出了一個題目——Fiancée [註2]。在這種無法反抗的壓迫之下，只好寫出一點充充篇幅。

意外的是這篇登出以後，竟得了不少的同情，許多朋友都很獎勵我。這樣，使我慚愧，也使我高興，便想繼續地寫下去，湊成連續的十篇短篇。

禍便從這裡惹出來：漸漸地得到不利的批評，漸漸地捱了些臭罵。大概有部分女士們還引為談料，皆曰：「文字還不錯，其人的心術卻不可問」云云。更有好事者要設法打聽那內容的背景，尤其注意於文中的「她」。

這真使我無從分辯，也不容我分辯；結果，芳也告訴過我：

「有人批評你呢。」嘻嘻地笑。

〔註1〕寫於 1929 年元旦，附在 1929 年 7 月 15 日上海春潮書局出版的《惜分飛》書後。後收入王余杞著、王平明、王若曼整理《王余杞文集》（上），花山文藝出版社 2016 年版，第 595～596 頁。現據上海春潮書局版錄入。

〔註2〕注：未婚妻。

「誰？」心裏不免一驚。

「許多人──我的同學。」

「又是她們，」我吁了一口氣。「怎麼說？」

「她們說你騙了個女人又去了，『怪物』！」

「我知道，這大概還是那幾篇文字在作怪。」於是，接著又把我握筆時的情形告訴她。

這情形，現在也可以說說──

我當時為報復大枬的虐待起見，便把他拉來做了文中的主人翁──C，同時又拉了一位同學來做朋友──P；至於那位「她」呢。更有趣，那就是我每天抽的美麗牌香煙盒上的相片。然後，憑我自己看，聽，觀察來的一些事實，加以想像，寫了出來。如果一定要編派在我身上，那也只好聽之。這總可以使懷疑的人了然而要想考證的人不再白費心了吧！

為這幾篇文字，大枬幫助我不少，還給我做了一篇序，我是非常感謝的；同時也謝謝代我印這本書的春潮書局。

一九二九，元旦，杞記。

《惜分飛》抄後記[註1]

　　一九二八年寒假，避禍走上海，兩月之後，所謀不成，依然回來。回到北平，下了車即到川南會館找徐克。時候已經深夜，他是早已睡覺了。我叫醒他，把行李打開，和他同擠在一張床上。因為一段時間不曾見面，見面自然不容易閉嘴，而這時，他更熱心告訴我一件事：——約莫有十來個朋友，大家想辦個文藝刊物；如果有地方出版，當然不成問題；即使不成，自己掏錢也願意。只是這一群人中間，除了朱大枬外，別人都不曾有過寫作經驗，而大枬那種浪漫派頭，只會拿筆，別的委實外行。所以大家都等著我，等我回來主持，一切進行，只聽我一句話。我對於大家的熱心原是高興的，卻耽憂於以沒有寫作經驗而就想將作品發表出來的那種兒戲幹法。於是我告訴這位朋友，提出兩點困難：第一是關於經費。萬一沒有地方出版而要自己掏錢時，是否可以支持長久？我們都是窮學生，辦刊物向來是賠錢事；印刷費的取給當然由同人平均分攤，倘若有幾位半途拿不出錢時，刊物是會短命的。短命的刊物，辦來有什麼意思？第二是關於稿子，刊物是大家的，大家自然都有登稿的權利；而篇幅少，人數多，誰的該登誰的不該登呢？稿子有好壞，讀者是最公正的，如登稿而取輪流辦法，則刊物決抓不住讀者；如以稿子的本身為標準，則機會決不能均等，稿子沒得登出，心裏彆扭：小則翻臉，大必打架。白天一定出太陽，一百個準。

　　徐克很堅決，他承認我的理由，但眼前這一班朋友決不是那樣的人，叫我不必憂心，儘管放手做去。我仍然沒拿定主意，只答應大家商量後再說。大家

[註1] 創作於 1936 年 1 月 10 日，發表於《益世報》第 7089 號（1936 年 2 月 2 日）第 8 版，刊於《益世小品》第 44 期（《語林》第 1185 號）。

商量了，都和徐克一樣，熱心到十分，慷慨到十分。我再不能不擔起擔子來了，於是出頭尋找地盤；不成，便決定自費出版。定出半月刊，四方形，二十四開本，每期二十頁，定名為「荒島」，英文名字則是「Vigin Soil」。每人每期交稿一篇，交費一元半。由大枏永坤和我三人負責編輯。我為避嫌，不願寫小說，只願寫雜感，但稿子收齊，缺少的正是小說。大枏指定叫我寫出一篇，而且明天就得交卷，因為刊物馬上就要付印了，我推辭了他，說是沒有工夫；然而不成，還給出了一個題目——「Fiancée」。在這種蠻不講理的壓迫之下，委實無法反對，只好寫出一點來充充數。

那時我剛有廿二歲的歲數，有這歲數的人，腦筋里正擠滿了女子的影子。我和她們周旋，然揣摩著她們的心理；不僅認識了她們的面目，還企圖能夠認識她們的靈魂。我似乎有所獲得，於是她們的影子隨著我的筆尖轉，集合起她們的部分，創造出一個整體，完成這一篇的結構：從男子眼中，訂婚而後，女子便由皇帝而降為奴隸了；在這一個轉變之間，點到了「Fiancée」這個題目。

《荒島》出版，這一篇最引起讀者的注意，到處只聞打聽作者聲，中間還鬧了不少笑話。——關於這，原書出版時已有如下的記載：——禍便從這裡惹出來：漸漸地得到不利的批評，漸漸地捱了些臭罵。大概有部分女士們還引為談料，皆曰：「文字還不錯，其人心術卻不可問」云云。更有好事者要打聽出那內容的背景，尤其注意文中的「她」。

這真使我無從分辯，也不容我分辯；結果，「芳」也告訴過我：

「有人批評你呢，」嘻嘻地笑。

「誰？」心裏不免一驚。

「許多人——我的同學。」

「又是她們，」我籲了一口氣，「怎麼說？」

「他們說你騙了的女人，又丟了，『怪物』！」

「我知道，這大概還是那幾篇文字在作怪，」於是，接著又把我握筆時的情形告訴她。

這情形，現在也可以說說——

我當時為報復大枏的虐待起見，便把他拉來做了文中的主人翁——C，同時又拉了一位同學（注：即潘㠛公）來做朋友——P；至於那位「她」呢：更有趣，那便是我每天抽的美麗牌香煙盒上的相片。然後，憑我自己看，聽，觀

察來的一些事實，加以想像，寫了出來。如果一定要編派在我身上，那也只好聽之。這總可以使懷疑的人了然而要想考證的人不再白費心了罷！

看了這一段當時斤斤分辯的惶急模樣，不免好笑，但總可以說是真地抓住了讀者了。同人便一齊鼓勵我，要我繼續寫下去；這時材料十分現成：訂婚之後，當然結婚。結婚，我想起一個「妻」字，由「妻」字因 Fiancée 的暗示而想起「Wife」一字，又因而連想到剛剛聽來的一句話：「Beef（牛肉），Wife（妻）。」即以「Beef，Wife」命題，捏造出一段故事；幽默一點，男人必須怕老婆。興致好，奇怪，筆調也顯得流利。各方面傳來的贊許，這是刊出之後換來的唯一報酬。

讀者的要求，自己的要求，光景都不能從此中止。索興寫出個十來篇，合成一集。頭兩篇既然以英文為題，十篇的題目最好全用英文，以期一致，題材以正在上學的青年夫婦為範圍；便先在《Fiancée》前面加上一篇《First Endeavor》後面加上一篇《After the Wedding》。——從這一篇上，可笑的是竟有人疑心我曾結過婚或親近過女人，使我歎息。我在寫作上得到了小小收穫，在別一方面卻大大失敗了。

《A Comedy》是第六篇，這一篇被郁達夫先生看見，便和我通起信來。這當然使我高興；然而《荒島》卻完了：不出我所料，因登稿關係而引起同人間翻臉，大家不掏錢，刊物印不出。我不禁憤慨地提醒他們：「明知必有這樣的結果，說叫我還來幹呢？我真傻！」事情無可挽救，便收拾起行李到南方去了。

南行之先，曾寫了《No. 1》《Mama》《W·F·P》等三篇，前一篇刊天津《庸報副刊》，後兩篇刊《國聞週報》，《A Comedy》係以表演丁西林的《瞎了一隻眼》話劇為題材，將臺上臺下打成一片；《No. 1》係以隊球比賽為題材——我一向是不上運動場的，為了寫作這篇，破例地去看了一次。《Mama》用一人獨白。《W·F·P》插入一封長信（這封信揭穿了整個故事的秘密）。我在可能地嘗試著各種寫法呢。

到南方，落腳在鎮江。又寫兩篇：《The Departure（又名《勞燕》）》和「《To——》」。「《To——》」完全是書信體，由那完成了全篇的故事。這故事連貫起來便是 C 經人介紹，和「她」認識（First Endeavor），而戀愛，訂婚（Fiancée），而婚後（After the Wedding），C 有朋友 P 一直在其間做著配角。結婚之後，「她」忽然轉而喜歡起 P 來。他吃醋，卻又怕「她」（Beef, Wife）；他曾經想

借演戲來感動「她」（A Comedy），又曲意陪「她」上球場（No. 1），他覺得「她」已經迴心轉意了，這時「她」剛剛懷了孕（Mama），卻不想無意間發現一封信，原來「她」所生的孩子是 P 的關係（W・F・P）他了然一切，願意成全他們，悄悄自去（The Departure），去後，寄來一封長函說明他的態度（To——）。

最末兩篇仍然刊於《國聞》，而在編成集子時，復移最末一篇（To——）為最前一篇。原書於一九二九年夏間在上海春潮書局出版，取名《惜分飛》。

最糟心的是當時我只受了莫伯桑，契訶夫等人的影響，而自身恰又陷落在戀愛氣氛裏，雖然懂得社會已經腐爛，總因為自己的生活還可以苟安一時，便不能進一步向深處探視，因此落了伍；寫出來的東西幾乎變成了一般人的消遣品：只有技巧，沒有內容；雖然受人歡迎，我卻不得不很快地忘記了它。自春潮倒後，書亦彷彿絕了版，現在提起《惜分飛》，有幾個人還想得起這本書來呢？前年郁先生北來，勸我重抄一次，我沒言語，心中已決定了大可不必，但抄一分下來存著原也無妨。因並另寫後記如右。

一九三六年，一月十日，在天津

《北寧鐵路之黃金時代》自序 〔註1〕

「九一八」以前，近三四年來實為北寧路之黃金時代，萬端並舉，百廢俱興，營業贏餘，年直達五千萬元以上。

自東西四路聯運完成，南滿運輸，遂一落千丈；自葫蘆島海港開工，大連將變荒地，直為指顧間事，開灤糾紛發生，本光明之態度，為正義而競爭，國人不善忘，應猶能記憶當時輿論所責望於北寧者，北寧皆能無負國人所望矣。

休謂時移勢易，今非昔比！倘翻讀本書而迴念及三四年來之中興盛事，因以自勵，進而謀失地之收復；或於失地收復之後，本所論列，協力求其貫徹。是本書之刊行，亦誠今日之急務歟！

願所望於國人者，亦如前此北寧之無負國人所望，則幸甚。

一九三二年，「九一八」週年紀念日，作者。

〔註 1〕寫於 1932 年 9 月 18 日，附在 1932 年 10 月 10 日由北平星雲堂書店出版的
《北寧鐵路之黃金時代》書前。

《朋友與敵人》自序 [註1]

　　這本集子，共計收集了十四個短篇。這些短篇，就時間上說，最早的寫於一九二九年一月，最晚的寫成於一九三三年二月，算起來，已是整整地經過了四年的時間。相隔四年之久，社會的情況和個人的生活自然都發生了不少的變化，則寫出來的東西，無論在技巧或者意識方面，不管有無些微進步，卻是不能一致總是真的。而現在把來放在一起，殊難免掉零亂與不整齊之嫌，或者還會使人感到討厭，那也並不是沒有的事呢。

　　不過，這樣的辦法，於自己倒真是合適：一來，這本集子簡直就是我另一方面的日記，我的思想和對於一切的態度，常常不知不覺地流露在字裏行間，一篇一篇地翻著，引起我回憶到四年來生活的趣味。二來，既是寫成了的一篇東西，雖然自己看來也十分不滿意，總覺棄之可惜。所謂「敝帚自珍」，那就如一個母親對於她的兒女，即使不成器，而她總是如別的母親一樣地愛惜他們。這種思想，也許犯了某種錯誤，好在這僅僅是關係個人的問題，似乎值不得向誰去表白或道歉的。

　　而且這樣地收集起來重新付印一次，便是作為這幾年來的寫作生活告一個小小的段落也未嘗不可以，這就算是自己唯一的理由吧。

　　把十四篇稿子再次翻閱一過，自己也不禁微微地噓出一口氣來；「文字生

〔註1〕寫於 1933 年 5 月 3 日。《〈朋友與敵人〉自序節錄》發表於《庸報》（1933 年 6 月 7 日）第 8 版。完整版附在 1933 年 9 月 15 日由現代社會月刊社出版的《朋友與敵人》書前。後收入王余杞著，王平明、王若曼整理的《王余杞文集》（下），花山文藝出版社 2016 年版，第 172～178 頁。現據現代社會月刊社版錄入。

涯，不值一錢！」的感觸，又偷偷地浮上心間。自從開始學寫文章以來，我差不多就被人踐踏得連自己也輕視起來了啊！

在和朱大枬翟永坤合印了《災梨集》之後，我們又約了七八個人一同組織「荒島社」，發行《荒島》（英文名字叫做「Virgin Soil」）半月刊。那刊物的形式很新穎，是大枬的主意，用二十四開的正方形，如後來出版的《新月》一樣。出於意料之外，印出來後，竟能銷售幾本。我在那上面連續發表了幾個短篇。不幸的是有幾個朋友給予我許多過分的獎飾；郁達夫先生在他當時主編的《大眾文藝》上面，並且公開地寫給「荒島社」一封信，文中特別提到我登在某期的短篇《A Comedy》。但從此情形就不大好：粉〔註2〕歧的意見如破了口的毒瘡，一發而不可收拾。因而那刊物，便不能不在僅僅印過六期的短促生命中，宣告夭折。說起來本是平常的事，而在當時，似乎也還小孩子似地鬧過好幾陣呢。

完畢了《荒島》的葬禮，我們三人轉而和李自珍，聞國新，梁以俅，張壽林等成立「徒然社」。「徒然」兩字是自珍在中央公園想起來的，那意義，正預示出這組織的前途。「徒然社」成立之後，我們主編過華北日報的《徒然週刊》和北平日報的副刊。在事務上我和自珍擔負得比較的多，於是我們兩人幾乎要天天見一面。——這其間，我受到他的益處的確不少：如本書所收曾在週刊上發表過的《革命的方老爺》，《朋友與敵人》和《酒徒》等三篇，《革命的方老爺》這題目，便是他給我取定的，而《酒徒》一篇，連材料還是他供給我的呢。因為我的腦筋特別遲鈍，寫出一篇稿子而找不著恰好的標題的事，在我，確是常常有的。

《徒然》辦到二十期，終於被迫停刊了，什麼原因，不大了了，似乎並沒有犯什麼天怒人怨的律條，然而奉令停刊卻是事實。在編這二十期週刊中間，還有兩件可笑的事情：一件是有三個人偶然逛了一次圓明園的廢墟，結果竟閒情逸致地出了一期特刊；一件是在最末一期上，七個人每人湊出一篇短稿，一起付印，好像唱戲的人的臨別紀念似的。——有一位朋友對於這事還加以嘲笑，說像是新劇閉幕時，再把幕拉開，全體演員向觀眾行一鞠躬禮一般。

北平日報的副刊，頂多也不過編了一年。報館方面對我們的待遇太薄，同時大家的興趣也無形低減，誰都不願意維持長久，便悄悄地讓給了別人。在副刊上我登載過一篇三萬多字的中篇，名字叫做《神奇的助力》，後來還得到一

〔註2〕應為「分」。

個機會印成單行本。但因為自己都看不下去，又一聲不響地送給一家書局，那家書局，至今也不曾和我結過帳呢。

把在《荒島》上和在別處發表的十篇，收集成一本集子，題作《惜分飛》由上海春潮書局出版。書局方面，因為郁達夫先生曾經和我通過信，便又請他寫了一篇序。一九二九年暑假，我去上海，和他相見。同時，我還受了「徒然社」的委託，在上海接洽一個月刊。我請郁先生介紹，他介紹了《現代》和《北新》兩家。我先到《現代》接洽，訂好合同，相約回北平後一個月內寄稿子去。但是出乎意料之外：等我報告了這自以為不算辱命的消息以後，有的人卻反而淡然置之。一個月兩個月過去了，稿子仍然沒法收集起來，及到勉強湊合著寄出去時，卻已是過了半年的事了。事隔半年還成功麼？那不過是一種無聊的妄想而已。事情是我去接洽的，既怕失信於書局，又怕空放掉了這個機會，為了催促大家趕快撰稿，當時真也跑了不少的路啊。然而終於還是「徒然」！奇怪的是為什麼那時故意地要擺著架子，而寧可直到今天還在向平津報紙要求主辦國學週刊之類呢？何況我去接洽，又正是奉了大家的委任才去的呀？

這以後，我差不多也有半年沒寫稿子。第二年春天，有一位朋友辦了一份報，他要我作一篇長篇小說。我推卻，但不行，無論如何都得寫，天天叫那報館裏的信差來我的寓所坐索。沒法子，用了個假名，寫了一萬多字給他，便跑向香山——一則躲債，一則陪伴在那裡養病的大枏。

大枏的病已很沉重，但他仍然強振精神，天天繼續著看我那篇文字。他勸我續作下去。為了引起我的興趣，不惜誇張地加以推許，供給我許多意見；還說等我寫成功時，他第一個給我作一篇詳實的批評。我在山中待著也沒有事做，聽了他的話，便又盤著腿坐在那靠近紙窗的土炕上，望著西山山半的白雲，或者對著面前美孚油燈，繼續寫出了好幾章。

不久得著機會去遊朝鮮，遊日本，那篇未完的稿子，便又擱下，回來時，該報已停刊，而我則來到了天津。

成天待在公事房中，心裏像失了什麼，只深深地感到寂寞與無聊。偶然翻翻舊時的存稿，幾乎就是一椿快心的慰藉。這樣，或時又有興趣寫下去，以至於完篇。——那便是最近由北平星雲堂書店印出來的《浮沉》。

只是，大枏已經逝世，他第一個作批評的宿諾，竟沒有法子要他實踐了。

北平晨報復活，副刊改稱《學園》，該刊編者也常常寫信來要我的稿子。我第一次寄去的是《楊柳青》。後來聽說這篇在將要發表時，有人認為上面的

描寫過於肉感，主張把那幾段刪去。此刻適湯鶴逸教授在座，他看了卻說那幾段正是文中最重要的地方，若要刪掉，不如不登。這一番話雖然免了「分屍」之苦，卻終於難逃別人的當頭一棒。

這一棒是京報的一個週刊上打下來的。作者是誰早忘記了，標題彷彿是《打倒北平文藝界的偶像》。文中被「打」的約有二三十人。開始好像是說近年來的各報副刊都是被蹇先艾，許君遠，聞國新和我等人在那裡把持；跟著又把最近在晨副發表的冰心，聞國新，許君遠，盧隱和我的幾篇創作，逐一「打倒」。記得他批評我的大意是：從前《惜分飛》各篇還可以看得，而今這篇《楊柳青》，取材和描寫，兩都退化了云云。那篇「打倒」很長，寫起來大概也頗費工夫，只是殊堪惋惜的是他在末了除開勸晨報副刊和華北日報副刊的編者不要再登這一般人的東西外，而他所舉出來的有希望的刊物，便是當時京報的幾個週刊，連該刊自己也在內。

本書裏的《平凡的死》，《失業》，《女賊的自白》和《歡呼聲中的低泣》等都先後發表於晨副。最後一篇竟自又惹出了麻煩：居然有許多愛國志士們生了氣，大興問罪之師，弄得編者急與我來信，要我公開答覆。我沒法子，便答覆了。——那就是附在本文後面的《關於〈歡呼聲中的低泣〉》。答覆儘管答覆了，但多少還是發生了點影響：跟著該副刊編者便向我說過這樣的話，「你的作風轉變了，不如從前的有趣」。我自己明白，索性把存在那裡的一篇《犧牲》要回來，轉寄與正要我負文藝欄全責的交通雜誌。

我寫《犧牲》，並不是為晨副寫的。郁先生有一次給我來信，說打算在某書局辦一月刊，約我在北方替他收稿，同時並叫我自己寫一篇寄去。我寫成的就是《犧牲》。結果月刊沒辦成，這篇文字也就沒有用處了。

《窮途》初發表於北平日報副刊，後來修改了幾處重要地方，重刊於國聞週報。這事的結果又是有許多人寫信給該報編者，說我一稿兩投如何如何云云。最有趣的是我另外還在該報登過一篇稿子（本書沒收入），好些地方都被編者刪去。其中我引了兩句郭譯的《少年維特之煩惱》裏的「青年男子那個不善鍾情，妙齡女郎那個不善懷春」兩句詩，他竟把「懷春」改作「摩登」。這麼一來，「摩登」自然「摩登」了，其奈與原文不大相符何〔註3〕！我只得重抄一遍，寄與華北日報副刊，自然，終久還是我又在該刊上登出一段聲明才了事。

〔註3〕應為「合」。

編者可怕，讀者也可怕呢！

有一個朋友在上海時報館作事，他寫信給先艾，要我的稿子，於是我寫了一篇《善報》，至今事隔半年，仍舊渺無消息。寫信去問，也無回音。有什麼主意，聽之而已。

此外，《季珊君的心事》是發表在晨報的《時代批評》；《一個日本朋友》和《生存之道》是發表在庸報的星期增刊和「另外一頁」的。

從這些經歷上我得到一個結論——那就是：世間任何事都可以幹，最不可幹的莫如寫文章！救死既不成，那苦頭卻真叫人難吃哩。可惜自己又不是一個聖人之徒，不大相信那些「吃得苦中苦，方為人上人」呀什麼的，文字盡可以讓人作賤去，幸而心裏這點不快的感覺，還有著隨便用的自由，總算難得的了。

高爾基在蘇聯舉行他的創作四十週年紀念會上說過，別的國家，不會特為一個作家而舉行這樣的盛會的。因為凡是從事於文學的人，在一般的 Ruling class 看來，無論如何不比一個在政治上有勢的人更為重要。何況有時他們的筆尖正對著他們，把他們的本來面目揭示於大眾，激起大眾反抗的熱情？所以別國的作家之群，和在蘇聯的恰恰相反，自身隨時都有意想不到的危險（像小林多喜二那樣）；而發表的作品，說不定還會橫遭禁止呢。不是雷馬克的《西線無戰事》，在希特拉登臺之後，已經下令從圖書館裏取出來銷毀了麼？

文學，文學家（甚而至於藝術，藝術家）究竟算是什麼東西？他們在現代社會裏產生，局促於經濟鎖鏈之下，仰體出版者的鼻息，不過成功一種資產階級的裝飾品而已。一個人從大眾身上的血汗裏榨取去無數的利息，毫不費力地搖身一變而成為一個資本家。利用一切的科學家，建築家，美術家所有的發明和作品來供他們的享受；高樓大廈，輝煌燦爛地布置起來：有餐室，有客廳，有書房——書房裏更不能不名副其實地擺著許多書。這樣，許多文學作物就有了很好的用處而一般文學家也有了他們的出路了。即使有幾個無聊時去翻一翻它們，其作用，也就是「何以遣有涯之生」的一種辦法，「無聊得很，看看小說罷了」，這樣的話，在有閒階級嘴邊常常可以聽到。然則讀者們對於文學作品態度，大概不能夠一定還說是不十分地了然吧。

同樣地，他們對於一個文學家，也正如對於一個戲子或者一個娼妓一般：戲子唱戲來娛樂他們，娼妓把肉體來供他們的玩弄；文人則是兼而有之，玩弄他們的作品也可，把他們的作品做娛樂品也可。這是辛克萊在《拜金藝術》裏，契訶夫在《復活節的前夕》裏已經明白地告訴了我們的。

　　於是書局的老闆們對於作品也有了選擇的標準了。作品正如商品，得投合購買者的嗜好和市場上的需要：市場上需要肉感作物，書局的老闆便不惜高價徵求富於肉感的著作，作家便也急急地埋著頭寫，寫，大量地生產出來以應需求。市場上需要革命文學，書局的老闆便熱心地印刷出滿紙「打倒……起來……」的文章，作家便也急急地埋著頭寫，寫，大量地生產出求以圖名利！「藝術至上，」「為藝術而藝術」的向來自己用來頂在頭上的招牌，於今都不能不一一地收起。

　　文學，文學家（甚而至於藝術，藝術家）究竟值幾個錢一斤？

　　翻開中國的歷史，向來文學就是統治階級的御用品，知識階級的消遣品。「頌德歌功，言之無物」八個字便可以用來評定任何時期的文學。政治的壓力太大，作家們輕易不敢流露出一點真誠。算來算去，倒是被吾鄉楊雄認為是「小道」的詩歌，反而情感真摯，技巧成功，成為歷代不可磨滅的偉大作品。

　　但就以詩歌而論，那也就是一種畸形的發展：因為大家懾服於「莫談國事」，體材都偏取用「抒情」；又因為民間的歌謠不大為文人所注意，以至「敘事詩」終沒得到個發展的機會。敘事詩是產生小說的源泉，這情形，便是何以小說產生最晚的理由。倘使當時敘事詩能夠像抒情詩一樣的發達，則由敘事詩就可以變化成小說，就不等到後來由平話來轉變了。

　　然而，在「新文藝運動」以後卻來了一個相反的形勢，因為受了西洋文學的影響，創作小說一時風行，佔據了文學界的最高地位。作品印出了若干部，作家產生了一大群，至今還逍遙乎上海舞場裏或盤踞在高高的講臺上，各得其所。這下該好了吧？然而不然：求名求利，沒個滿足；標榜競爭，黨同伐異——一會是寫實派，一會是自然派，一會是民族主義派，一會是革命文學派……這一派，那一派；可是都有一個共同之點，那就是一方面都得承受著書局老闆和編輯先生的臉色（如有特別關係，如係親戚或作者是個女人而編輯先生又一「尚未娶妻」等等自然例外），別一方面都自己給自己加上許多什麼「家」什麼「家」的頭銜，炫耀於眾。跳舞回來，躲在屋裏，寫，寫，一直寫個不停。什麼隨筆，什麼雜記，一本一本地印出來，在自序上居然能夠很謙恭地說出銷路不會壞呀什麼的。近來，更是異想天開，把在「五四」時費盡了九牛二虎之力還沒打死的舊玩藝，又重新頂在頭上來賣弄了。作篇文言已算平常；甚而提倡舊詞，發行專號，烏煙瘴氣，黑漆一團。更沒想到連鼎鼎大名的魯迅先生，最近在他一篇文章裏也插入一首「忍看朋輩成新鬼，怒向刀叢覓小詩」那麼工

整鏗鏘的律詩。這下，擁護古文的遺老遺少們自然有話可說了。他們本來就常說，「胡適之的白話自然作得好，因為他的古文有根底。」這正是他們擁護古文的最好的策略。而今他們又該這樣說了，「難怪魯迅的小說做得好，原來他的舊詩就不壞。」顛倒錯亂，豈不冤枉？

放眼看看，中國的新文藝界，如此而已！

但是那不要緊：統治階級不瞭解文學不要緊，有閒階級不瞭解文學不要緊，中國文學界的混亂也不要緊；一切都不要緊！自然有瞭解它的人，那便是無產的大眾；自然會產生偉大的作家，那也必須在這大眾中求之。大眾過的是地獄似的生活，他們時時在為生存而奮鬥；他們具有火熱的情，他們具有純潔的心，他們極端需要文學作品的安慰和鼓舞。偉大的作家就應該站在大眾的立場上，描畫出大眾的心理意識，充分地表現出那種偉大的力，完成文學本身所負的使命。不必討書局老闆們的喜歡，更何勞公子小姐們的稱許？

這或者是從事文學的人應該走的一條道路吧。

我原來不是一個什麼家，但我愛寫一點稿子——不成熟的稿子。此次收起十四個短篇，承曹與同謝天培兩先生的好意，由他們所主持的現代社會月刊社收為叢書，便打算在前面寫點什麼。因為偶然想到這些，不禁都一一寫了出來。又因有人說我「轉變」了，順便也說及我自己的一點態度。卻不想竟寫了這麼長，至於這一本書裏的文字，寫作的時間相隔太久，自然不能一概而論。合併聲明。

屠格涅夫有一篇文字的標題，翻譯出來，恰和本書的書名相同，自己似乎不免有點「第二個將花比作美人」之嫌。只是這並不是故意抄襲，其實我至今方讀到他那篇文字哩。

此外，對於本書，再沒有什麼話可說了。

光林到北平生小孩去了，屋裏只剩下我一個人，孤孤單單地待著，更多了許多遐想的機會。這一本書就算結束我過去的寫作生活吧，假如我還能夠寫，我應該另覓新的途徑才是。我願意這新的途徑，同那將要出世的新生命以俱來。

去吧，一切過去的，我要一步跨上我的新途！

　　　　一九三三年五月三日早八鐘，華曼誕生之晨，王余杞在天津

《寫作留題》小引 [註1]

　　自從認識了自己，便已經向自己警告過：休得懷念過去，只須把牢現在！
「過去」已成事實，挽救終是徒勞；只有「現在」，以及隨現在而至的「將來」，
才可以企圖達到自己的理想，妄冀稍有成就。

　　自幼喜歡弄筆，積久成習，竟變成一種嗜好似地難於戒除：寫一篇文章，
實同於一次享樂。古人所謂「淫於書」，既然稱之做「淫」，可知必有樂趣，我
於寫作，也與此意相通。

　　屈指將近十年，這工作一直持續著。有時因為發表的便利，同性質的文字
便不免多寫一些；有時又因為機會難逢，以至於相當的時日不曾寫出一字。自
慚見寵於一些青年作家和廣大的讀者，也不甘受窘於書局老闆和編輯先生；冷
酷的漠視，固然打斷過我的興頭，而無限的熱誠終使我更加勤勉。──這其間，
轉而不敢輕易下筆，我將怎樣地寫出一點像樣的東西，才可以告慰關切著我無
論識與不識的朋友呢？

　　「往者不可諫，來者猶可追；」我應該不斷地鞭策著我自己。因而預備下
這樣一本小冊，作為自己自今以往的記錄，凡有寫作，都打算一一抄記下來。
或勤，或惰，自可於此中看出。雖然「現在」光陰，轉瞬即成「過去」，既是
過去的任它過去好了，特別記出，無乃多事？放心，那倒也無妨：「過去」誠
不足戀，而所有文章，總關心血；況且在自己的記憶中，有時稿子寄出，中途
失遺，未留副稿，徒歎枉費一番心。記在這裡，也算自留一個紀念。這麼一想，

〔註1〕發表於《益世報》第7096號（1936年2月9日）第8版，刊於《益世小品》
　　　　第45期（《語林》第1192號）。

居然不無理由，因順便將自開始發表以來各項文字，盡其所能記憶，依次寫下，詳略在所不計，委是時日稍久，大半忘卻，太詳細總是做不到的。筆尖到此，愈覺振振有詞了。是為記。

一九三五年，十二月一日，燈下

《萬里遊程》題記 [註1]

我最喜旅行,旅行可以充實自己的生活經驗,而「藉增見聞」還在其次:

常常懷抱著這種希冀:希冀能夠得到個位置而夠一個旅行者「起碼生活」的報酬。或任我到各地去考察;或給我一種自由的工作——即工作不限定地點與時間;或即以文稿作價,按並不優厚的待遇,以相當的數量換來那筆報酬。——比方報酬是二百元,以五元千字算,則每月只需寫出四萬字即足。然而這個希冀終於不過是一個希冀罷了:如第一項,目前有權力給這種位置的人是不肯化錢找人幹那樣傻事的;如第二項,拿乾薪的儘管有人,其人必須具有「特種資格」,「特種資格」與我無緣,發急也是沒有用的;如第三項,既沒那麼多賣稿的地方,五元千字稿價也不盡處處如此。望雖不奢,實不啻白日做夢!

夢再延長下去,那就是機會落到手中;這樣,我便要每年旅行兩次,在春天和秋天;夏冬兩季則找一個地方住下來,埋頭寫作。「南面王不易也」,我應當這麼高喊。

不過希冀雖然不曾達到,計算起來,也像跑過不少地方,原因是我決不放棄機會之故。來北平上中學,北平內外所有的處所便都看遍;其後上大學,大學有假期旅行團,坐火車不化錢,因而京滬杭一帶,每年至少要去上一回。後來人入路局,趕上辦「鐵展」,便宜我的只是多給我兩次旅行機會,然而終還須受著種種限制,不能十分自由,未免美中不足。

[註1] 發表於《益世報》第 7138 號(1936 年 3 月 22 日)第 8 版,刊於《益世小品》第 51 期(《語林》第 1233 號)。

　　我出外旅行，並不是不能吃苦：只有在進了路局之後，坐車才是頭等，持用免票，客氣有啥用場？如其掏錢，自然還是三等。在三等車上，才能認識大眾；雖然旅行為「有錢有閒」所專利，此身已覺不甚乾淨，滿嘴「大眾」，更屬滑稽，但願努力「工作」，將功折罪，其心可諒，當可釋然。

　　於是現在，我將旅途所記，抄訂一冊，題名《萬里遊程》，以表我重視旅行，而便於隨時翻看。除此之外，並無大志。抄寫完畢，心裏又不禁燃燒起那種白日做夢般的希冀來，啊，飄流！我愛飄流生活！

一九三六，一月九日，記於天津

《百花深處》抄存後記[註1]

　　這次抄存的《百花深處》，即是包括一九二八由北平文化學社出版的我和朱大枬翟永坤合出的《災梨集》中「百花深處」全部，而又加入了後作的幾篇。這幾篇，卻又是《朋友與敵人》裏所沒有收入的。自己現時的心意，過去的已經過去了，重印大可不必，但抄一分下來留著看看，倒還「事屬可行」。恰巧高兆□[註2]君介紹他一位鄉人宋致仁給我，說是此人在天津待了三年，終沒找著職業，再三要我留下他；據說其人極老實，曾經在高小畢了業，抄寫點東西是頗能勝任的。我推脫不開，便叫了他來。人，看起來真像老實，於是我就計劃著叫他抄寫舊稿的事了。

　　四月初，同女人孩子到北平去，留下他和張媽看房，就開始叫他趁沒事的時候抄寫一點。告訴他藉此練習練習，要看什麼書我也可以替他購買。他不是上過學的麼，對他怎敢不另眼看待呢？

　　到北平，又去西山住了幾天，回來已是在十天之後，事情真有點意想不到：快六十歲了的張媽，在我們去平的當天晚上，宋致仁竟自兩次闖進她的屋子。這家裏每間屋子都沒有門閂，那老太婆幾乎遭了他的凌辱！我不是舊禮教的擁護者，究竟這種自私自利的獸行，以為在任何形式的社會裏都是不大行的。找著原介紹人，叫他走路。

　　真不能不詫異：為什麼三年後沒找到事，而剛找到事卻就來這一手？莫非因為他替我抄稿，誤解了文字裏面的原意，入了迷，鬧出這樣的笑話麼？果然

〔註1〕發表於《益世報》第7159號（1936年4月12日）第14版，刊於《益世小品》第53、54期合刊（《語林》第1255號）。

〔註2〕此處漫漶不清。

這樣，除了他本人應該負責外，乃憬然於我的文章引人至於如此，殊亦感欲哭無淚而欲笑不能啊！……

他失了業，沒抄完的稿子我仍叫他繼續下去，打算一總給他點錢；可是他每抄完一篇送來時，又結結巴巴地託我給他謀事了。──這是抄寫這本稿子經過中一件意想不到的故事，因附記於此。

記得幼時開始上學不久，也就愛在國文科教書上選擇材料，訂成本子，將自己喜歡讀的文字重抄下來。當時最注意的還是那抄本的形式。紙是用的當地出產最好的二頁紙，自己裁疊，自己裝訂，裝訂好了，寫封面，寫中縫，畫邊框，然後才小心小意地開始抄寫。別看事情小，費的工夫可真大，許多個黃昏和夜晚都消耗在這種工作上。滿想弄出來跟印的一樣，倒底總不會一樣；一邊生著氣，一邊還得重來，差不多一高興便又有一本抄的新書出現。

另一嗜好就是看小說。無論已看未看的，捧在手上總是從頭看起，連《聊齋誌異》也不例外。看多了自然想寫，而結果是「有詩為證」的詩句多於正文，回目又多於詩句，本子又多於回目。

小說看得多，中毒可不淺，從此以後，一直臉上擺出三分才子氣，總覺得自己的身子應該常常鬧點小病才對；走到假如是名勝古蹟之類的地方，就得吟詩了，吟不出詩，嘴裏也得唧唧哼哼，非得橫身肉麻不止。寫信學《秋水軒》，作文學《聊齋誌異》，《水滸》已不愛看了，愛看的只有《紅樓夢》。世界是什麼世界，我那裡曉得呢？糊裏糊塗地活到滿了十六歲。

十六歲來到北平。這下好了，雖然前半年還愛蹓到琉璃廠或者青雲閣的書攤去，找尋些什麼山人館主等等的作品，但跟著就有了「轉變」：寫白話文，用新式標點，把舊式的詩句詞句，摻入幾個「的」湊上一個「了」，便自以為是新詩了，因而所翻出覆去讀著的，依然只是唐詩宋詞元曲，未嘗不想在裏面挖出一點寶貝來。

書攤上漸漸加多了新雜誌，新雜誌上面的文章到底是活著的人寫的；活著的人所看見的，自己也都看見了；活著的人所聽見的，自己也都聽見了；活著的人所寫出來的文章，其內容便使自己更感到親切。欲罷不能，首先便訂了一年《小說月報》。

看著看著手又發癢了，提起筆來就寫小說。一九二五年，寫成了第一篇較為完整的，題名叫做《慧》？──慧是在南京認識的一個同鄉的小甥女蒲宗慧，

只七八歲。和我很好，小說的內容是記她和我當時的一些鎖事。因為是記實，看過這篇文字的人都稱讚那孩子活潑可愛。可是我已經吃力不小，才三千來字，卻已不知道修改過幾多回。那文章登在僅出一期的同鄉會刊上，可惜現在找不到了，否則也應抄它下來。

這一年年底又寫過同樣長短的兩篇：一篇名《年前》，刊在《學生雜誌》上；一篇名《老師》，「老師」是一個熟人的綽號，內容自然也是記實。大約當時正讀了《吶喊》，筆調是學的諷刺，在次年的《國聞週報》刊出之後，還和主人翁打了一場架呢。

以後還寫過些什麼，卻不甚記得了。不過此時已和大枌熟識，他寫詩，大家更覺投合。我因他而看了許多書，才敢放膽下筆，才敢正視社會上的一切罪惡。

那時，又隨便在翻譯著一本書，原不過想藉此學得一點技巧，難得是竟自把它譯完了，長約四五萬字。這譯稿，後來曾寄與《世界日報副刊》。據編者劉半農來信，稿子太長，副刊容納不下，他曾介紹給北出新單行本〔註3〕，北新要明年才能付印，叫我取回來修改一下。結果，北新對這事並無誠意，以後再不曾提起過。

我又寫過一個中篇，題名《孤鴻》，因為沒人介紹，找不著出版的地方。後來大枌在一家報館編副刊，刊登過一次，該報隨即關門，我連報紙都不曾得著一份，也就沒留下存稿。

「海濤社」的組織大約也是在這時候了，參加的人記得一共有三十多，彷彿是：朱大枌，周開慶，湯鶴逸，董魯，張鳴琦，劉開渠，許君遠，聞國新，李自珍，張壽林，聶佛鴻，周頌棣，程鶴西，李健吾，塞先艾等人，但因被人把持，不久就發生了意見；又因時局不定，跟著就散了夥。

《博士夫人》和《活埋》便是此時寫成的，本為《海濤月刊》而作，《海濤》流產，前一篇就刊入了《晨報副刊》，後一篇則登在《北新半月刊》上。兩篇材料都由於傳聞而又加以想像，就是故事，也就太不近乎情理。

一九二七二八之間，北平的學生頓然陷入倒楣的運命；我搬到侯門似海的謝家，不敢亂走一步，整天的時間便全化費在寫作上。但那時，自己的思想雖然已經起了變化，都並不曾適用到作品裏去，兼之一般文人不願閱讀同時代人的作品的惡習，自己依然堅決地保持著；故當時新文藝的動向，在我是茫然的。

〔註3〕「給北出新單行本」應為「給北新出單行本」。

《百花深處》,《么舅》等所表現的是什麼,我一點答覆不上來,只《么舅》一篇,描寫相當真切,還被人過分地贊許過而已。

《復仇之夜》的意義較為明顯了,亦不過是受了京戲《打漁殺家》的劇本的影響之故。此外短篇作品尚多,更不足觀,全數捨棄。連同以上三篇,都發表於《國聞週報》。在此一段時間,該報幾乎叫我一人包辦了,自然分署著許多不同的筆名。

記得又寫過一個中篇,名《敵人之敵》,內容早忘卻,只還想得出這題名的用意來。用意有二,其一,前一「敵」字是動詞,後一「敵」字是名詞;意思是:「敵視人們(大眾)的敵人」;其二,兩個「敵」字都是名詞,那就是「自己的敵人的敵人——就是自己」。這一篇大概就是寫的自己。口號標語在所不免,幸而寄出去,中途失遺了。

一九二八成立了「荒島社」,出版《荒島半月刊》,我除按期刊載長篇而又可以獨立的《惜分飛》各篇,及一些雜感外,又寫了《這兩個該死的女人》——為「五三」的應時作品。

我不常寫雜感,卻是在「荒島」上所寫的倒也有幾個人歡喜看。其後大枬編《時代副刊》時,我第一天就用「李曼因」的筆名發表了關於梅蘭芳的一篇不短的文字,朋友們許為深刻。

「荒島」完了,組織「徒然社」,「徒然社」在華北日報出了個週刊,又主編《北平日報副刊》,事務由自珍和我分任。《幻》是登在北平日報,《雪紋》是登在華北日報的。

此時除創作外,又不斷翻譯,全數都登在上述兩刊物上,只有一篇契訶夫的《愛》是登在《奔流》最末一期的翻譯專號。

一九三〇來天津,《在天津》和《何老太太》都寫在這以後。這時光景,最覺可憐:上海刊物,乏人援引,不敢碰撞;北平只有《北晨學園》,卻又討厭他常壓稿子;《國聞週報》呢,因《何老太太》一文而失歡。——他們將題目給我改換了,我轉寄《華北日報副刊》,登出後被讀者質問,至今還引為遺憾。《在天津》係刊於庸報《星期增刊》。

以上各篇,兩句定評:內容淺薄,技巧幼稚;而處理題材,更沒做到恰到好處。在委託宋致仁抄寫以前,本打算修改一次,補救一些缺點,但翻開一看,改不勝改;真要改呢,只好重作,然而那又失掉了抄存的原意了。只得還它一個本來面目,就這麼去吧。

《急湍》後記 [註1]

提筆愛寫長篇章。眼高手低，糟蹋紙張的勇氣倒真不小！

一九三三年是自己最不得勁的一年！那一年，南北出版界儘管熱鬧非常，乏人「援引」，空自嗟歎。找不到投稿的地方，便也減低了寫作的興趣；兼之有了女人，生了孩子，屋子小，孩子鬧，鬧得心煩，乍經歷著委實難於沉得住氣。寫點什麼，久不曾想起過。

偏偏有兩位青年沒忘記我。辦雜誌，要稿子。既然不打算擱筆，當時就答應下來。打開稿紙，不揣冒昧，又寫長篇。

計劃著陸續刊登，然後另出單行本，因而是順手也寫過一篇《後記》。《後記》如下云——

五月裏開始坐下來寫這部稿子，現在稿子寫完，已是九月了。其間因為天氣過於炎熱，以至於坐在桌前，一天半天寫不出一個字的窘狀，便曾不知感受過幾多次；卻終不敢間歇，打盆淨水洗把臉，仍把筆桿提起來。

白天，帶著原稿紙走進因學校一點關係而得插足的公事房，機械地蜷伏在一個角落裏，忍耐著避開眼前狐狸般的笑影和耳邊鶯鶯般的笑聲，流著汗，一字一字地低頭寫著。

晚上回家，和女人孩子局促在三間小屋中。本處於沒有設有公共育兒所的社會，孩子哭鬧，便不得不放下筆來，推著搖車，哼出

〔註1〕發表於《益世報》第 7236 號（1936 年 6 月 28 日）第 14 版，刊於《文藝周》第9 期，1330 號，署名「隅煑」。後收入王余杞著、王平明、王若曼整理《王余杞文集》（上），花山文藝出版社 2016 年版，第 286～287 頁。現據文集版錄入。

The Song of the Volga Boatman（伏爾加河船夫曲）*的曲調，催她入眠。

　　但我到底將這部稿子寫成了！

　　並且在寫完了最末一行的最末一字時，毫不游移，馬上站起來收拾行李。──決心離開那公事房的暗角一下了。

　　我將藉此機會，另闢新途！──一九三三年九月，天津。

　　稿子刊登了三章，忽然登不下去了。──那時我正在旅途中。等到回來，月份牌上已改標著一九三四年，而這被人退還的一堆稿紙依舊埋藏在抽屜裏。不寫倒罷了，寫了總得發表，第二次便寄往上海，由友人某交給某書局列入「創作群書」。

　　群書沒出，書局關門；友人某無下落，稿子的蹤跡同在不明不白中。

　　據另一友人某來信，他曾見過它，但它此時已被某人拿去。某人計劃自己開書店，願意付印出版。──其後書店沒開成，稿子又第二次失掉了所在。

　　第三次又由友人某來信，它已被某先生交給某大書局。以某先生的關係，書局方面，印行是不該成問題的。──成問題的，天曉得！

　　這就到了一九三五年。

　　又有雜誌來要稿，仍舊把它交去（幸而手頭留有副稿），又只刊出了三章。──心下才明白：寄到上海的正稿將永無收回的希望了。

　　副稿是初稿，正稿才是修正稿，修改之處不少，此時翻開副稿卻一點也記不起來。事隔幾年，心情已變，勉強是不行，就將就把它付印了吧！

　　書名原叫做《狂瀾》，覺得討厭，故改為今名。

一九三六年六月在北平

《自流井》序 [註1]

一

　　才幾年呢，那時候四川一省好像早已不在中國人記憶中，似乎長久地把它忘卻了。外面的報紙，很少刊載著關於四川的新聞，有之，在標題上必然動輒加上個厭憎輕蔑之極的名詞：「魔窟」——一如富貴中人對於不幸者一樣，眼光所及立刻會皺起眉頭，鄙屑之外，決不肯奢侈地給與過一點半點同情。於是魔窟就讓它永遠成其為魔窟而已。

　　魔窟之內有一塊小地方，地方真不大，約莫不過百十方里。而且是滿天煙塵，匝地喧聲，空氣裏攪和著大量的鹽鹵氣味——地上百物不生，飲料都帶了幾分鹹味。對嘍，正因為那裡出產著鹽。鹽的產量特別大，約莫三萬萬斤，每年的稅款就達三千萬元。於是遍地都是鹽井，井裏有水又有火，將水打汲起來，用現成的火煎煮。原始的方式，幼稚的技術，辛虧憑藉著驚人的豐富經驗，居然也能達到生產的目的。一百萬以上的人在此工作，川滇黔三省以及兩湖大部分人民的食鹽因此得到充足的供給。這是多麼值得注意的一個地方呢；但是它的名字——自流井，幾乎不見經傳之中！中學以上的地理教科書，很少提到關於它的記載；便是大部頭的地理志之類，雖有記載，也

[註1] 完成於 1936 年 11 月 14 日。最初發表於《中心評論》第 32 期（1936 年 12 月 1 日出版），後附在 1944 年 3 月成都東方書社出版的《自流井》書前，再收入王余杞著、王平明、王若曼整理《王余杞文集》（上），花山文藝出版社 2016 年版，第 289～298 頁。現據初刊本錄入。成都東方書社版與初刊本差異不大，但文集版與初刊本差異較大。

是語焉不詳，錯誤百出。其他更不用提。譬如《辭源》，可憐自流井，根本還沒有列名的榮幸呢！

然而自流井在四川省內倒是頗有地位的：四川人的心目中，第一想到的自然是省會的成都，第二便是號稱「小上海」的重慶，第三，算來算去，便少不了算到這個自流井。——「好地方」！他們會唾沫四濺地點頭稱讚：心下明白那「好地方」有的是錢。而就為了這錢，省內每次戰事的發生，爭奪自流井，便成了其中最重要的原因。誰要搶得自流井，誰就可以從此發財，一直發到下一次戰事爆發以至失掉了它的時候。

這是舊話。

現在可大大的不同：「九一八」以還，國難日趨嚴重，東三省之外，還加上熱河，而冀東，而察北，而蒙古綏遠，逐漸擴展到冀察平津。——平津多學者名流，這就不免恐慌起來：「友邦」竟至於不顧道義，且寧願一再吞下炸彈去，別的還小，自身可貴的安全，不也就失掉了保障麼？……想到這背心上也不禁會沁出冷汗的。空出冷汗沒有用，要緊的還該趁早找一個安全地方，那便是所謂我們的「堪察加」。舉眼一看，看著了：四川省。

四川，位置偏遠，有險可守，不怕飛機軍艦；人民困窮，地方富足，不怕沒吃的；更可喜大軍西指，大小魔王盡都敢收服，滿眼太平景象，住下也覺安全。真是天予人歸，國人之福，無須恐慌，倒該歡喜。

「我們的堪察加啊！我們的堪察加啊！」聽聽吧，到處都喧騰著這樣的呼聲。

輪船公司的廣告說：「蜀道不難！」航空公司的廣告說：「千里江山一日還！」都似乎在笑著向人們招手。不等招手，大家早想動身前去了，前去看看我們這個新發現的「堪察加」。

人同此心，情形顯得擁擠；甚至於還有點兒爭先恐後。堪察加不僅以先睹為快，光景還以先睹為榮！——不則就有「落伍」之譏。實在說，看不看倒在其次哩。不必說，一定十分滿意，非滿意不可！腳剛跨進夔門，一大堆讚美的語句，早就安排停當。準備投贈。身到巫山，便說風景偉大，甲乎天下；船行半日，便說土壤肥沃，出產豐饒；偶然翻翻統計報告，死記著幾串數目字，便說蘊藏至富，真是天府之國。可不是，果然令人安心，到底得此避難之所；自然應該揚眉吐氣，得一結論：「印象甚佳」。

「印象甚佳」，憑這一句，在四川，昔時之所謂魔窟，而今立刻變做了天堂。

人在天堂中行，由重慶而到成都，大概總被迎送著，被歡迎來，被歡送去，一切都在歡笑中。盡歡而散，跨出夔門，自是另一番氣派。以後提起四川，談鋒就覺頭頭是道，儼然成了一位頂瓜瓜的「四川通」咧！

不怕辛苦的更西遊峨眉；別懷大志的又南遊自流井——啊，這個不見經傳的小地方竟也叫人當做「新大陸」般地發現出來了。於是從此也就引起了盛大的注意，並且也還打定了注意：將來到這裡來投資，最是容納過剩的資本的妙策。一朝開發，表面上收了振興實業的美名，暗地裏又可以得到腰纏萬貫的實利。如此一來，那就又不止生命得託於安全，而且與命同重的錢也可免虛擲，而得有以利用之道了——多麼聰明的主意呢？

但是，無論如何，自流井，因此才得名滿天下。遊四川的人，成都重慶之外，第三處必到的地方也便是自流井。當地情形，報紙都爭相記載，長篇航訊之外，有時還刊登一兩條專電——最近登載的「電請中央設立直轄行政院的自（流井）貢（貢井）市府」，便也是其中的一條。這樣看來，然則《辭源》的沒有自流井一名字，倒不是自流井之羞，應該羞的反是不知道它的人們。說來真是怪不好意思的。

四川在變動中，自流井也將隨之而變動。本來嗎，魔窟與天堂，但看大眾自己如何的努力罷了。

二

當人們驚異地注意到自流井的時候，我便也記起了自流井，因為我生長在自流井，自流井原是我的故鄉。對於故鄉，我自信比較別人知道得多一些，不僅知道，而且認識瞭解——關於當地的特殊出產和特殊的社會情形。

那嗎，我所認識的自流井是怎樣的光景呢？

要想明白這個，第一須說說那地方的那種大宗出產的鹽。鹽是人類生活中的必需的食品之一，本該自由買賣，供應需求；然而在中國自明代以來，就一直分岸派引，由商專賣，將日用所需的東西一變而為商品。少數人把持期間，藉此牟利；多數人深受壓榨，至於淡食。這種不容存在的制度，居然流傳至今，也就未免太可奇怪了！其實是不足為怪的。為什麼呢？鹽商賺飽了錢會分一點錢給統治者，買來一個保障。統治者收了鹽商的錢而換給他們以保障之後，什麼民命不民命也就一概不管了。這裡，有文為證：

鹽務為國家之大政，而分岸派引實為非善法，故鹽分官司，亦因之起……天下盛時，人民殷富，皆能奉公守法，不為私橐，故私鹽尚少。民間雖有食貴之虞，然鹽商大有盈餘，不但不致虧短課銀，而且每遇國家有事，餉不敷用，尚能報效，是雖無益於民，尚能有益於國。厥後鹽商愈富，奢侈愈甚，遂至資本日虧，不徒不能助額外之輸將，而且不能完納額內之歲課，鹽務因此大壞。……（《申報》六十年前的議論）

自流井是個產鹽的地方，自然也產生了不少的鹽商——我的家就曾是其中較大的一個。他們先用錢去榨取井灶工人的血汗來汲水熬鹽，再用鹽去吸取銷費者將血汗掙來的錢；循環不已，焉得而不大發其財？可是時代既然不會永遠停滯不進，凡事終久總有個變遷：六十年前，僅因「奢侈愈甚，遂致資本日虧」；六十年後，奢侈已成了最小的原因。——最大的原因呢？其在自流井，我曾在一篇題目名《自流井》的雜文中略略提到過：

鹽在自流井，和別的事業一樣，應該有一定的步驟：第一步是「產」，包括打井取水熬煮；第二步是「運」，第三步是「銷」，即是所謂的「引岸」。若干年前川鹽銷楚時，我家還包辦著產運銷三者，在宜昌沙市都設有商號，那情形當然可觀；後來楚岸被兩淮爭去，運銷又被江津幫渝沙幫所把持，自流井的鹽商們的頸子便給捏在別人手裏，壟斷居奇，一任別人擺佈，不崩潰往那兒走？——兼之還有戰爭捐稅種種關係咧！

何況自流井的製鹽事業又是種冒險行為！打井取水熬煮，一切仍襲用土法，從每家井供著井神，每家灶供著灶神這點來看，他們也是明白這種土法之不足恃的。

而今呢，一般都是危急萬分，連天叫苦。銷路停滯，形成生產過剩，雖有鹽水公司的組織，平均分配當地九百口鹽井的汲水時間，以維現狀，但彷彿還是不成：川鹽稅重，運費又高，根本不能與人競爭，儘管節制生產，銷路依然疲滯。現在又忙著組織什麼統一運銷的機構，再圖挽救——而我的家，卻早已無法挽救了。

我的家正是一個縮小的自流井，要明白自流井，請看我的家——（見我的隨筆《家》）

在我第一次離家以前，關於祖先們的「光榮」往事，傳到自己的耳殼裏已經變成了不可憑依的神話。然而人們還是在熱心地傳說著。一個叔叔用金子來打一套鴉片煙具，人們便說他的一切家具都是金子鑄的；一個叔祖死了，叔祖母搬出幾箱名貴的皮貨，金玉，煙土燒給他，也被人們欣羨了一年之久。家是個大家庭，青年子弟慣在當地在胡行霸道。至於養兩三條匹狗，四五匹馬，十來個轎夫，一兩個跟班，或者只躺在家裏燒點鴉片煙的，真就不能不稱他一聲「佳子弟」了。

「不姓王，不姓李，老子不怕你！」這是當地人的一句口號。而我，父親既然姓王，母親恰又姓李。

第一次回家是在離家五年之後。那時候，稍稍看到一兩雙緊皺的眉頭，固然穿布面綢裏鑲邊袍子和粉紅或翠綠色腿褲的人仍然不少。重慶，宜昌，沙市的債團派來坐索的代表們已建築好高大的洋樓，雄踞在井區中心，板起了威嚴惡毒的面孔。官司打到省城裏，結果是一切企業交由債團監督，所有的餘利，盡先還債。

「必然的，時代逼著你崩潰！」我並不惋惜，對著家，我只有冷笑。

從此又經過了八年！

簇擁在一大片森林前面的大廈，掩不住它面枯骨立德衰顏。一間間寬大而幽暗的房屋中，總使我感到股陰森森的冷氣。不知道在那裡掏捉過多少次蟋蟀的花園，於今變成了荒地；不知道從那裡翻跨過多少次的圍牆，於今變做了一堆瓦礫土堆！

飢寒二字畫上了幾乎是全家人的臉。——全部企業抵押給債團，押期二十又一年！

用金子打鴉片煙具的叔叔已經死了，他遺留下的十幾歲的兒子只得捉住四隻他所豢養的鴿子，親自送到街市上去賣了四塊錢來做他小學裏本期的學費。

這就是我的家！——也就是自流井鹽商的一般的情形。

三

因此我就準備了寫這《自流井》。我曾經在一篇隨筆裏說到過我的動機：

自流井以產鹽見重於當地。以產量論，足夠供給西南五省的需要；以鹽質論。因有井火（即 Natural Gas）熬鹽的關係，鹽的質味特別純潔。所以凡是吃過自流井鹽的而沒有到過自流井去的人，對於那地方，都懷著帶有種神秘的欣羨。

然則我是回去研究鹽礦的嗎？

不。

自流井因為出產食鹽，那天然的產物引誘得一些擁有資產的人盡力向地下挖掘，挖出水，引出火，轉瞬間便使自己的財富激增，麵團團做富家翁；因而人們一提起自流井，就不禁翹起大指拇，連連點頭道出：「好地方！好地方！」

然則我是想回去圖謀發財的嗎？

不。

無數的無線電臺般的「天車」，高聳雲際，每支煙囪不斷地吐出濃黑的煙柱；機器的喧聲，輪軸的激響，不分晝夜地連續著。鹽井的主人們，乘著碧綠油綢的藤小轎，飛一般地進出於他們擁有的井灶間，鎮日家吃喝嫖賭抽之外，一方面奔走軍閥權門，壟斷當地「公事」，坐在茶館裏說女人，曲著指頭抱鼻孔；一方面削減工人的工資，增加工人的工作，蔑視工人的利權，拒絕工人的要求。

在先，人比牛賤的時候，鹽井汲水便都用人，其後牛比人賤了，又才改用牛，現在，機器的成本雖是昂貴，但以汲水的速率來比較，並無損失，於是過剩的牛與過剩的人都被摒棄了。

僥倖沒有被摒棄的，也被壓墊在生活的大力之下，一天十幾個鐘頭的工作從不敢閒歇，呼吸著煤灰，苟延殘喘地掙扎於辛勞的苦工和滿布煙塵的氛圍裏，而結果還不得一飽！

我深深受到異樣的感觸；可也高興於此行不虛：原因是搜集得許多不可多得的珍貴資料。我將提起筆來，寫出一部《自流井》。

這樣，我就提起筆來。

提起筆來之後，原來的計劃卻有了變更：我雖生長在自流井，但離開甚早，對於當地工人生活，並不十分熟悉。凝想，凝想也只能得一個模糊的輪廓；反而別一般支配著他們的井主，比方就是我家裏的一些人，我倒不僅清楚地看見他們的面貌，而且清楚地看穿了他們的心——他們的習性，他們的見識，他們

的信仰。他們也有信仰。他們的信仰，只有一個：錢——為了錢，我看到他們各種不同的面像：笑臉，哭臉，半笑半哭的臉。臉皮之下就埋伏嫉妒，忿恨，輕蔑，謀害，仇視，爭鬥，傾軋……除了自己之外，無所不用其極：弟兄間，叔侄間，以至於父子間，不分親疏，一體待遇；自少至壯，自壯至老，一生的生命，便這樣消磨在一個家庭裏自相殘殺中。

所以我應該轉寫我的家！

我的家本是一個封建的組合，而在資本觀念逐漸加強的今日，所謂道義——那便是封建思想裏面的精英，委實已不能維繫人心。只知有己，不知有家，家的形式已沒法顧全。加之習於安逸，不懂得生活的艱難，缺乏智識，睜開眼不曉得世界有多大，不但不能和人競爭，而且不能自謀保守；所以一經打擊，便立刻崩潰而不可收拾，自是理有固然！

與封建組合的家對立的，最可注意的便是債團代表，他們代表了新興資產階級那一面。資本主義要了封建組合的命，所以他們也就毀了我的家！——這便是我寫這部小說的第一義。

第二——這在我前面已經引說過：鹽務的整體應該包括「產」，「運」，「銷」三步驟。我的家只占著一個吃力不討好「產」，輕而易舉的「運」和「銷」都落在別人手中，即是新興資產階級的債團手中；「運」「銷」可以制「產」的死命，所以我家的命運也被他們掐死！

第三，「產」屬於工業資本，「運」「銷」屬於商業資本，在中國外受帝國主義者的壓迫，內而生產方式毫無改進，自然商業資本比工業資本有利得多。鹽的生產雖與帝國主義無干，而因生產方式的窳陋，成功與失敗，卻扔付之於命運，怎能比得了應付裕如的商業資本？所以他們賺了錢而我的家破了產！

總之我的家之破產是必然的。——我便從這裡開始寫起。努力的寫！並且寫出在變為天堂以前的魔窟中的一角，那一角，正可以反映出中國今日的內地的情景。

此外我還得介紹製鹽的方式。製鹽的方式很特殊，頗值得介紹一下的。但我又憂慮：因其特殊，單憑文字，或者不易使人瞭解。補救之法，就只有收集些材料，作一概略的敘述，比較妥當。

在敘述之先，卻又想起一件事：最近出版的《小說家》上，有人批評我的寫作，說是太「文」。這「文」，我自己早已感覺到，但這與其說是我積習難除，故意造作，還不如說因我生長在自流井那地方，習慣了半文不白的語

調的原故。這種語調，便也在這部小說中保持著。恐怕再引起誤會。故此預先聲明。

四

這以下便是自流井的概略了。

自流井位置在川南富順縣的西北方，以產鹽出名，左思《蜀都賦》：「家有鹽泉之利」，《華陽國志》「漢江陽縣有富義鹽井」，都是指的此地。井裏有氣能生火，在蜀漢時即已發現，清代道光初年才拿來應用。開頭很少，到咸豐八年（一八五八）應用的人漸多，到同治年而更盛，造成一個特殊產鹽區域。民國以後，漸漸衰敝，這衰敝，這部小說裏就說的明白，茲從略。這裡只說說目前情形，自然目前又跟書中所寫的十四五年間的情形不甚一樣了，好在大致不差，足供參考。

（一）產鹽區域

富榮場（即自流井貢井）共分八區。東場五區：涼高山、大墳包、東嶽廟、豆芽灣、郭家坳。西場三區：荀氏坡、黃石坎、席草田——除席草田一區，因河流隔開，屬於榮縣外，其餘七區，全屬富順縣管轄——東西兩場的分界處，係以土地坡為界。

（二）產鹽種類

兩場分花巴兩大類。花巴中又有火炭之別（民十九年後，鹽運署取締炭爐，便已無炭花鹽，只存炭巴鹽）。火花鹽行銷引岸的，分為楚鹽計鹽兩種：楚鹽顆粒最大，計鹽次之。行銷票岸的有頭粗，二粗，三粗，大市，細鹽等名目，不過現在已經很少有頭粗二粗了。火巴鹽中，分草白巴鹽與火黑巴鹽；炭巴鹽中，也有大市炭巴、改良炭巴等名目。引票岸都有行銷。

（三）鹽井種類

有鹽崖水井，黃色水井，火井，水火井（兼有水火）各種。鹽產井鹵最鹹，約占百分之三十強，黑水井次之，占百分之二十至二十五強，黃水井又次之，占百分之十至十五強。東場有水井六十眼。火井二百二十眼，水火井一百二十六眼，共四百零八眼。西場有水井十八眼，火井一百二十八眼水火井十五眼——但因為靠運氣的關係，井眼的數目是隨時都在變遷著呢。

（四）灶戶種類

分火灶炭灶兩種。東場火灶戶八百十五家，炭灶戶三十三家；西場火灶戶二百四十八家、炭灶戶五十一家——灶戶之增減，情形也和井眼同。

（五）採鹵（即推水）方法

採鹵方法系在井口上豎立「天車」和「地車」。天車高二三十丈，頂上架一圓輪，名「天滾子」。汲水的繩索搭在輪上，以便升降。繩的一端，銜接汲水筒，另一端纏在地車上，放則繩降，入井汲水，收則繩升纏在車上，筒汲水出。舊式地車係木製，直徑一丈二三尺，用牛推挽。新式即鋼質機車，直徑不過六尺左右，安置在距離天車六七丈以外的地方。天車地車之間，有一小木輪，名「地滾子」，高與地車車身相等。汲水繩索，自井中引出，直引上天車之頂。經過天滾子，折下來，經過地滾子，然後纏繞在地車上。鹵水汲出後，輸入大木池內，木池名叫簧桶，可容鹵水千擔。

（六）製鹽方法

用徑口約三尺，厚約四寸的鐵鍋成排地安在灶上，然後將鹵水慢慢倒進鍋中，又將豆漿滲入鹵水，提淨污穢雜質，使鹵水澄清，熬成細鹽。成鹽後，鏟到蔑兜中，等到鹵汁濾盡，再把乾淨滾開的鹵水（名水花）向蔑兜潑下，鹽顆遂成凝結，顏色亦就漂白了。火力雄的，每口鍋一天一夜可熬鹽一百四十斤（即每包十分之七，叫做「七分鹽」，普通的以五分為最多）；弱者不過八九十斤，甚至還有少到三四十斤的——這是熬製花鹽的情形。要是製巴鹽，則先將細鹽渣鋪在鍋內，用火將鍋熬成通紅，再把鹽水慢慢灌入，必經四五天或七八天才成鹽一餅（火力最雄的也需兩天半或三天）。鹽如鍋形，厚五六寸、重八百多斤（新市斤）。鹽色或青或白，因銷岸各地的需要而定：白的係用豆漿提淨，最純潔；青的加有鍋煤，殊有礙於衛生——只是邊岸人民，誤聽傳說，多說青的才是用黑水熬製，鹹味重，白的反沒人肯買了。無論花鹽巴鹽，其灌水之多寡和鍋口之加蓋與否（巴鹽根本不用鍋蓋），都有一定時間，非工夫到家的不能製造佳品。至於熬煎炭巴的鍋，係用舊破鍋的鐵塊鑲成，徑口約一丈，每三天成鹽一餅，重二千斤。

（七）運銷岸別

兩場銷鹽有引票岸分別。引岸分為三大岸：一、濟楚岸。——即湖北的舊荊州、襄陽、鄖陽、安陸、宜昌五府及荊門一州轄地，共計二十八縣，又湖南

的舊澧州屬地，計六縣。二、計岸——即瀘西岸、涪陵岸、渠河岸，共計四川二十六縣。三、邊岸——即仁邊、綦邊、涪邊，行銷於黔省的舊貴陽、遵義、仁懷、郁匀、大定各府及平越州共計五十三縣。除此之外則是票岸（鹽販以牛馬馱載及人力負擔者），行銷富順、內江、資中、隆昌、榮昌、永川、榮縣、壁山、瀘縣、南溪、宜賓等十二縣。票花鹽東西兩場都可出售，票巴鹽則由西場專售。

（八）運輸方法

鹵水自井內汲出，用筧竿運到灶止。筧竿係用口徑約三四寸的南竹，打通，外纏麻繩，再糊以桐油石炭，一根連接一根而成。幾根筧竿匯流到一處石缸（名筧窩），再由另一筧竿流送別處。如要輸送到高處，便須建一筧樓，戽水到樓上的筧窩中，再由筧杆送出。水熬成鹽後，引鹽則抬送到官倉（西場有正副官倉各一座及正附公倉二十二座）或公倉（東倉純係公倉，正一百五十二，附三十九）暫存。等到稱放後，花鹽（係以蔑包裝好，用馱馬運，或用小船裝載，一律運到關門前，再交井河橹船（每五支為一張，每張計裝鹽一載）運赴鄧井關，洪水約需二三天，枯水需半月才能運到。再從鄧井關改裝長船（長行之船），每載分裝二船，名對子船；或分裝三四個撥船，運到瀘州。到此再圓載，分運到合江，江津，重慶等處卸載。瀘南岸之行銷瀘州的就在瀘州卸載；仁邊岸在合江卸載，另覓船入仁懷，轉至貴州各縣。綦邊岸在江津所屬的江口卸載，轉到綦江，運至遵義、貴陽等處。至重慶以後，如係楚鹽，則用輪船裝運宜昌；如係渠河、涪萬、涪邊、各岸之鹽，則仍用木船裝運，分輸各地，至於票鹽，則係各販挑運米料油紙等貨來井出售後，即利用空簍，裝鹽回去。

（九）鹽商組織

兩場鹽商概括分為井灶筧垣行五種。井商即產鹵者：內分鹽崖井商，黃黑井商。灶商即製鹽者：內分火灶商，炭灶商。筧商係居井灶中間，代其轉送鹵水由井至灶者。垣商係居灶戶鹽販之間，主轉進出鹽斤，以便公家管理。行商即運銷各岸的商人。五種之中，井灶筧垣屬於場產，行商屬於銷產，都各有公共統率。二十四年十一月二十五日，運署宣布富榮引鹽暫行辦法大綱八條，其第三條內規定由製鹽各商組織場鹽總社。運銷各商組織運銷總社。分別於二十五年一月成立。最近又因楚岸疲滯，復令兩總會組銷鄂統一組織，以圖挽救。

（十）工人種類

兩場工人據二十四年十月調查，總數為九千五百十七人，內分井戶雇用，灶戶雇用，筧戶雇用，其他運轉方面的工人還不在其列。名單如下——

工人名稱	人　數	工人名稱	人　數
司機	89	燒鹽匠	1977
生火	93	鹽水挑夫	917
開車	93	桶子匠	1023
拭筧	130	灶上雜工	1713
山匠	247	筧山匠	58
管事	202	車水匠	195
大幫車	712	巡視匠	10
牛牌	230	筧上雜工	174
輥子匠	133	共計	6067
白水挑伕	501		
井上雜井	1020		
共計	3450		
以上總共 9517 人。			

（十一）工人生活

工人中待遇最高的為司機，因為是從下江請來的。月薪約在四五十元；其次為山匠管事，多者才二百串（不到十元），少就不過三四十串。其他則都不過此數，而白水挑夫，拭筧，牛牌，雜工等，更有少到幾串的，合起來還不到半塊錢。雖說有紅可分，一家人要吃的，奈何他們不餓肚子呢？

一九三六，十一，十四，在天津

《自流井》校後記 [註1]

　　一九三四年，我一返故鄉，再到北平，便開始撰寫這部《自流井》。隨寫隨發表，約莫經過一年，全書卒底於成，重加修改，並付抄寫，事畢，已在一九三七年的夏天。正欲出版，而宛平難作，繼之，平津撤守，全面抗戰發動，我則倉皇逃出天津，往來前線，足有半年。半年之後，轉回故鄉，找出原稿，一一整理。旋復離開，中又擱置。今年夏天，原稿從故鄉帶來，出版之願，到此始償。

　　當天津戰爭發生，居處淪入火線中，全家大小，光人逃走。身外之物本不足戀，但總念念不忘於若干文稿，這使得我的女人喘息未定，復行折返，冒險搶出。其後，更千辛萬苦地收拾起來，連同一雙兒女，逃向故鄉。文稿幸獲保全，只可憐愛兒卻因此給拖死了！今當本書問世，使我悠悠念著死去的孩子，且深深謝著我辛勞的女人！

　　此外，不禁尚有所感——

　　第一，人都愛著他的故鄉，我自然是熱愛著自流井，每因為愛之深，望之切，責備求全，在所不免，卻自問無一而非出於善意。但願鄉人，諒我愚衷！

　　其次，本書成於抗戰之前，抗戰而後的自流井，突飛猛進，氣象萬千。即就鹽井一項來說，機器鉆井，筱枝蒸發，平鍋熬鹽，都已盡情利用，惟待普及。行見生產手段提高，社會機構改進，腐爛的難得存留，新鮮的必將成長。本書還不曾寫到這點，應該在此特為補充。

〔註1〕寫於1943年，附在1944年3月成都東方書社出版的《自流井》書末。後收入
　　　王余杞著，王平明、王若曼整理的《王余杞文集》（上），花山文藝出版社2016
　　　年版，第452～453頁。現據成都東方書社版錄入。

　　復次，文字招怨，自古而然，所以擱筆至今，忽已三載。但我並不是自甘沉默的，倘有機會，仍將提起筆來。至於目前，或者手頭的工作意義同於為文，暫時埋首，固非逃避。追維前事，記之以詩：

　　「鮮血能將頂染紅，剝膚敲髓計何工？

　　鴛鴦態作藏秋水，虎豹皮蒙仰大風。

　　物我渾忘原未肯，死生不易總應同。

　　百零二日成虛話，且向人前一鞠躬！」

一九四三天寒歲暮在成都

《海河汩汩流》序 [註1]

　　這是我繼《惜分飛》，《浮沉》，《狂瀾》，《自流井》之後的一個長篇習作。這裡，就將按日和讀者諸君見面之前，請容我略作一點簡短的聲明。

　　天津這個都市，一向不曾予人以好感：人人提起天津，人人都會搖頭。每把她來跟北平上海相比，討厭她不如北平的壯美，也憎惡她不如上海的繁華，因為生活在都市裏的人們，在生活中必然需要多景的麻醉與刺激，壯美和繁華，也不過就是麻醉與刺激的各種不同的原素而已。天津不是缺乏它們，只是天津的它們不如北平的或上海的複雜而強烈，那倒是真的。然而天津終還是一個都市，自有她的特色，也具備有普通都市的條件；我於是不自揣度，特意算採取前者為背景，而以後者為內容，寫成這麼一篇作品。北平上海久成了文人描寫的場所的對象，對什麼獨薄於天津？這是我在執筆之前的幼稚的觀念和淺薄的理由，同時另外也因為在天津出版的報紙上發表的文字，自然也以描寫本地風光的作品為宜。

　　前人有言：「事情只要開頭，就等於成功一半，」本文落筆，易稿竟達十餘次。頭難之說，真是經驗之談。但還有人接說下去呢：「事情若止於一半，就等於沒做」，我便當好自為之，並有望於讀者與編者的督責□ [註2] ！

〔註1〕發表於《益世報》第 7454 號（1937 年 2 月 5 日）第 11 版，刊於《語林》第
　　　1539 號。
〔註2〕此處漫漶不清。

《海河汩汩流》自序 〔註1〕

　　「雙十二」事變平復後，舉國如狂的爆竹聲，震驚了隱匿在天津日本租界的敵閥和浪人們。他們早已把都市當做了侵略華北的根據地的，而在今天，根據地的天津就響出了歷亂的爆竹聲。那響聲，它使得中國人的頭腦愈加清醒，也使得敵閥和浪人們魄散魂飛！

　　於是他們就更擺出了一副獰猙的面孔：干涉政治，武裝走私，誘掠壯丁，製造漢奸。

　　尤其是製造漢奸，簡直明目張膽地大肆活動起來。

　　漢奸論調散佈到各角落，迫使我口頭上沉默了——然而在別一方面，我卻並不甘於沉默的。

　　這就又提起了筆，開始寫出這本《海河汩汩流》。

　　因為文章係應天津益世報的副刊《語林》而寫，筆下便刻畫著天津怪有趣的風土人情並且掇拾當前的時事，組織入文。這豈但為了增加閱讀的興趣，實在也做了掩護全書主題的外衣。

　　一些人怎麼樣被製造成漢奸，凡我親眼所見，大概都轉彎抹角地寫下了；我同樣也親眼看見並寫下了無數的青年幹部，離開都市，走出課堂，將抗敵救亡的種子，深深地種向農民、工人、和士兵中間去。於此以知當後來天津淪陷之後，四郊的游擊隊即隨之而蜂擁地組織起來，誠非偶然！

〔註1〕寫於 1943 年 12 月 25 日，附在 1944 年 2 月重慶建中出版社出版的《海河汩汩流》書前。後收入王余杞著，王平明、王若曼整理的《王余杞文集》（上），花山文藝出版社 2016 年版，第 455～456 頁。現據重慶建中出版社版錄入。

　　文章逐日刊登，善意的迴響令我興奮。誰知其中還有竟自出於日本人，他是我們機關裏的「顧問」，據說他並不懂中文，卻頗為「讚美」我的作品，託人介紹來要和我交「朋友」。沒有考慮，我拒絕了。——文章卻還繼續地寫上去。

　　「七七」軍興，平津旋告失守。當天津的保安隊一致奮勇進攻，敵軍後防空虛，形勢是頗為狼狽的。大概有心報復吧，那一天就派出了飛機，飛到河北及城廂一帶，任意轟炸。

　　多少人呻吟在死亡中，多少人顛沛在道途上！

　　我這就是在這當中逃出來的之一人！在一次低飛狂炸之後，帶了女人和一雙兒女，乘隙間連跑帶跌地由居處越過火線，逃向租界，蹲在租界緊閉著的鐵柵門邊，擠在人家矮窄的屋簷下，淒風苦雨，缺喝少吃，一等就等了七天！

　　逃難的當晚，已知保安隊奉命撤退。第二天，維持會跟著成立。其後，小食店逐漸打開門，情形好像趨於緩和，因為敵閥和浪人們認為天津既成佔領區，不「忍」再加以摧殘破壞了。

　　這時候益世報被迫停刊，我的文章隨之截然中止。——故事中的時間已寫到七七事變，但還沒得發表出來。

　　忙中逃難，只剩孑然一身，身外都無長物，別的倒不要緊，可惜我全數文稿，一件也沒得攜帶出來，不禁歎息著：「我的第二生命完哪！」女人相對無言，誰知她竟背我悄悄冒險回去給我搶出一隻文稿箱來，連本書的剪貼本也在其內。而且當亂後第一艘輪船南開，她就催促我脫身先行——同時一個在日本讀過書的朋友也勸我趁早走掉。而她呢，又在兩個月後才千辛萬苦地拖著兒女，帶著文稿，衝破檢查的危難，離開虎口，奔回故鄉——萬里逃亡可憐剛只歲半的愛兒，不勝煎迫，回到重慶不久，就吞聲死去了！

　　二十八年，重翻舊稿，發奮加寫一章，足成全書。近念慘痛的經歷，特意結尾於天津的大轟炸。儘管轟炸吧，轟炸才會把漢奸送近墳墓，卻自會將青年幹部送上征途。

　　今年夏天，這部稿子又方由家人從故鄉帶來，遂以付印。老實說來，因為執筆當時的顧忌多端和報紙編輯的曲意刪節，致使行文轉成隱晦，類似半吞半吐，故為艱深，顯得連些兒力量也沒有了。這真是叫我哭笑不得的事。——正又因為匆忙，無暇重加增補，付之一歎，只好作罷。或者，就此存真，該可以聊自解嘲吧。

　　本書的出版，裝幀和封面設計，多承友人許君遠兄獨力代謀不勝感激謹此
誌謝。

　　　　　　　　　　　　　　　三十二年，十二月二十五日，重慶

《錘鍊》序 [註1]

熬受八年的錘鍊，我自幸還沒有化成灰燼——眼見著前方的炮火，後方的轟炸，盧舍的坵墟，骨肉的離散；生活的壓榨，信心的動搖；無恥的荒淫，可怕的暴力；陰森的陷阱，窒息的氣氛……無一時不叫人顫慄，無一處不叫人擔心；受折磨，受苦難；哪怕你是一塊鐵吧，早把你投進了現實的烘爐：熔化，錘鍊……

然而我終沒有化成灰燼！你看看我這一身，我不諱言我是受了傷。舐吮著自己的創傷，我還敢於放眼看人！我有愛，有憎；我永遠不能忘掉那些可愛可憎的人們！——沒有他可愛的人，我們將無以贏得勝利；尤其沒有他可憎的人，我們將不會感到勝利的可珍！

我情不自禁地一一寫下了他們。從七月七日到十二月十三，從天津到南京，從城市到鄉村，人與人間，各人扮演著各人的角色，烽煙遍南北，現實正錘鍊著他們。

X，請你挨近一點，我將講給你如下一連串的故事。

[註1] 發表於《益世報》第 10117 號（1947 年 1 月 12 日）第 6 版，刊於《語林》第 286 號。

《華北日報‧徒然》編輯後記 [註1]

　　在前些日子，自珍同我同到西郊去訪壽林，玩得高興，大家又提議到圓明園，提議很容易得到通過，不久我們便徘徊於那尚未完工的「三一八」烈士公墓的前面了。一面吃著買來荸薺，一面談著大家曾經讀過的前人的遊記之類的文字，有人便提議來一次特刊，每人擔負一篇文稿，把當天的經過記述下來。這樣，我們的計劃便在此時實現了。

　　壽林是富予情感的人，他的《廢墟》和《默立圓明園的故墟》也正如其人一樣，雋永之中深蘊著懷古的情調，自珍的《疲勞》最有風趣，把那天的情景都描寫詳盡了，只有我那篇雜感式的東西，自己沒有看完的勇氣。終因期限逼迫，可又不能不草草完篇呢。

　　至於自珍上期未完的《殘春》，為了上面的原故，只好下期再繼續刊登了，這是應該在此慎重聲明。

　　　　　　　　　　　　　　　　　　　　　　　　　　　　　余杞

〔註1〕發表於《華北日報》第 128 號（1929 年 5 月 14 日）第 11 版，刊於《徒然》
　　　第 18 期。

《當代文學》編輯資料

《當代文學》[註1]

王余杞

　　這是下月一日將開始在天津出版的一種月刊，內容正如其名字所示，它願努力供給以當代所需要的作品。——這裡用不著詳細解說；但因為在期待著大家的助力，也無妨將所想到的幾個辦法，事先報告一下，而希望獲到任何善意的指示和援助，則不勝企盼之至！

　　第一，這刊物沒有特約撰稿人。這事我曾和出版者發生過很大的爭執，結果是由我表示了「如果要列出特約撰稿人則寧可不辦」的意思，才得到了對方的承諾。這辦刊物的本心就在多認識無數不相識的作者，不相識的作者，從何處去「特約」去？是惟求不以本刊為「龍門」者來合作耳。稿費不多，但也稍稍有點點綴。

　　第二，這刊物除論文，小說，隨筆，詩歌，劇本之外，間也打算刊登一點「文壇消息」「書報評介」「各地通訊」之類的稿件，但不定每期都有，所以避免雜湊之流弊也。其中「各地通訊」尤其需要，不過希望寄稿者附以文中所論及之各出版物。

　　第三，這刊物以不登續稿為原則。或者因為容納長稿而致刊前目錄流於單

〔註1〕發表於《北平晨報》第 1253 號（1934 年 6 月 14 日）第 13 版，刊於《北晨學園》第 689 號。

調和無以誘致讀者購買下期的心意，那也在所不惜。這還是一種「嘗試」，是否可行，只有等將來事實的答覆了。

按：《當代文學》係由天津書局出版，歡迎投稿。稿請直寄該書局轉。

茲將創刊號要目預告如次：

發刊詞

大戰後的歐洲文學精神（評論）…………………………董秋芳譯

金元爹（小說）……………………………………………紺弩

再論吃茶（隨筆）…………………………………………豈明

愛（小說）…………………………………………………金丁

夜（小說）…………………………………………………周楞伽

讚美詩兩首…………………………………………………番草

ADIEV（詩）………………………………………………艾青

糞的價格（小說）…………………………………………徐盈

鞭笞（小說）………………………………………………宋之的

瘋婦（隨筆）………………………………………………子岡

魚（隨筆）…………………………………………………曼

兩個畫家（小說）…………………………………………許幸之

母與子（小說）……………………………………………王余杞

獄（劇本）…………………………………………………凝秋

貼報處的早晨（劇本）……………………………………墨沙

編後

每月一冊，一日出版，全年十二冊。定價每期二角五分，半年（六冊）一元五角，全年（十二冊）二元八角。國內郵在內，國外照定價加倍。南方總代售生活書店，北平總代售文華書局。

發刊詞〔註2〕

近一兩年，各式的文學期刊，忽然又十分熱鬧起來，蓬勃活躍，多麼可喜。但不幸仍是隨生隨滅，不遭流產。必也夭折；很少得維持著一點較長的生命，——這，有的是因為趨向的固執，以至見礙於環境；而更多的卻是供給方面已非今日既不盲從更難欺騙的廣大的讀者之群所需要，廣告不靈，委實無法。

〔註2〕發表於《當代文學》創刊號，1934年7月1日。

一個刊物，雖然得選擇讀者，但也不能失掉讀者，故其內容，應當以廣大的讀者為對象，應當合乎廣大的讀者的需求，之後，這刊物才可以在社會上生存，生存得較有意義。這事做起來並不太難，只要能夠公開地尋求作者於廣大的讀者之群中。

本刊便負擔著這樣的使命在。當代無數的新作家，我們願藉此得以認識；當代無數的成功作品，我們願藉此得以發現。我們將以讀者的意見為方針，以讀者的意見為原則，本刊最大的目的就在成為讀者們一個公開發表作品的處所。

本刊將與當代的作家和讀者共存！

編後（第一期）〔註3〕

本刊這是第一次和讀者相見，有幾點需得在此說明，請讀者諸君注意：

第一，本刊選稿，絕對公開。——本刊既不屬於任何黨或者派，也並沒有門戶之見；受人利用還不至於，單看名字似也未必。凡是有興趣於文學的人，我們都竭誠地歡迎來與本刊合作。自然，我們是不敢打起「提拔新作家」之類的招牌，但我們對於名字較生的作者決不歧視卻是真的。曾因無人紹介而找不著門路者，都請到這裡來！

第二，本刊的內容，除評論，小說，詩歌，隨筆，戲劇等譯著外，其他有關文學的消息，通信，書報評介和畫稿，攝影等，若得合適的稿子，都擬刊登，但不必每期必有，更不必各項皆有。各項之中，通訊稿子尤覺需要，歡迎腹地各處的作者踴躍投寄——最好是能附寄稿中所論及的出版物。

第三，本刊以不登續稿為原則。一稿分期登載，對於讀者與作者兩俱無益；我們既不怕因登長稿以致減少該期題目而顯得不好看，又不想以續稿為誘致讀者的手段，所以無論長稿短稿，總期一律登完。即使一期上的標題少到只有兩條三條，亦所不惜。

至於讀者對於本刊有什麼意見，那當然更是不勝歡迎之至！

——六月二十五日——

〔註3〕創作於 1934 年 6 月 25 日，發表於《當代文學》創刊號，1934 年 7 月 1 日。

編後（第二期）〔註4〕

我們本不預備利用刊物的地盤來多說廢話，但事勢所迫，卻也無可奈何，或者希望能夠做到下不為例就好了。

本刊自出版以後，南自廣東，北到塞外，寄來的稿和信，看了真使人為之興起。在若干來信中，最難忘記的是一致地在鼓勵我們——

第一，不要老氣橫秋；

第二，不要半途夭折。

關於第一點，我們應該完全負責。雖然我們此時可以說我們不是紳士，不是學者，不是專家，而且也不曾夢想過。我們自己相信我們還在活著，還有幾分活氣，也決不會自以為是地拒人於千里之外。但對於大家的警告，我們卻不能不敬謹地接受，牢牢記住，以免萬一之失。這是我們可向來信諸君告慰的。

至於刊物的壽命一問題，既是大家都重視它，可見它至少是值得我們注意的。於此也因知合於多數人的需要的刊物常是短命的現象決非偶然。何以如此呢？——我們不願在此多所表白。不過，維持刊物的壽命，可不是容易的事啊！出版者有關係，執筆者有關係，編輯者有關係，推而至於讀者方面，也未嘗不是沒有關係的，而且這關係也許還較之上列幾方面為大。本刊是否為讀者所需要的呢？如不需要，即使出到十卷二十卷，又有何益？如是需要，則就不僅是一個刊物的編者的責任了，讀者也不能置身事外，應該合力來維護它，扶持它，消滅一切可以使它夭折的阻力。

這是對於來信諸位的一個總答覆，不知道所說的話是不是能使諸位滿意。

現在，第二期即將出版，對於內容和裝飾，都極力求其充實與改進，順便在此報告一下。

（七月二十五日）

編後（第三期）〔註5〕

今年是所謂「雜誌年」，從本刊每期的文壇消息中，都看到不少新刊的介

〔註 4〕創作於 1934 年 7 月 25 日，發表於《當代文學》第 1 卷第 2 期，1934 年 8 月 1 日。

〔註 5〕創作於 1934 年 8 月 25 日，發表於《當代文學》第 1 卷第 3 期，1934 年 9 月 1 日。

紹，現象委實可喜。但不幸，誕生的多，死亡的也快，倘使歷史悠長的現代雜誌停刊真成了事實的話，那恐怕結算到年底，存留的連五種還不到了呢。這許多業經死亡的刊物，真全是因為內容膚淺而失掉了讀者的原故麼？實際上當然不會的。以我們所知：較遠的譬如上海現代文藝研究社出版的文藝，較近的譬如上海春光書局出版的春光，都非常充實與活躍，每一出刊，莫不博得廣大讀者的歡迎，然而同樣的僅到第三期，便夭折了。或者說目前是小品文當令，只有小品文刊物才能廣銷與持久，那麼最近上海光華書局出版的新語林，論其風格和體裁，都恰供給了當代讀者正當的需求，然而時至今日，亦竟以停刊聞。這到底是怎麼一回事呢？

一群致力於文藝者其力量真薄弱得可憐，偶然疏失，沒得到實力者的諒解，則其任何作品發表的機會，立時同遭剝奪，這自然，生殺予奪都操於人，何況是小小的一個刊物或者一部分人的作品？此其一。第二，出版者亦能操縱著刊物的壽命的。也許編者集合了若干作者的心血，謹謹慎慎地把那些心血貢獻於社會，而在出版者看來，才沒有那麼認真，不僅沒那麼認真，甚至眼前本來排列著一條平坦大道，也似乎懶得抬一抬腿，這一遲疑，那集合若干作者的心血的刊物，難免不就已到了「壽終正寢」的時候。作者們憤慨，讀者們痛惜，幾乎認作是文藝界的一個不小的損失之類，而不知這不小的損失才解決得那麼容易，實力者一紙命令，或出版者一扳面孔，便什麼都不用談了。

各刊的死亡，不屬於彼，便屬於此，手無縛雞之力而又囊空如洗的作者和讀者們有什麼辦法呢？看到一些關於刊物的誕生和死亡的消息，我們不禁這樣地想到了。

同時並想到本刊。

對於本刊，我們亦不過僅能做到儘量力地把當代完善的作品介紹到熱心的讀者之前而已。這其間，當然也有分步實現的具體計劃的；趁此本刊基礎日趨穩定的時候，我們不妨先把第一步的計劃公布出來，希望讀者給予我們有力的幫助。

從近些時的出版物間，我們看到了不少關於作家的評傳，一個作家的作品如果使得讀者受其影響，則對於這作家給予一個正確的評價，自屬必要。但從作家之群中選擇對象是須得審慎的。在中國，自白話文運動以迄于今還不到二十來年，其間因廣求增加陣線的實力以使和頑固派作戰，只要肯來參加，自易

得到歡迎；馴至魚龍混雜，倒便宜了不少僥倖之人。他們，誰知當時他們是不是湊湊熱鬧，隨便玩玩呢，沒想到無意間倒掙得了一點名氣。有了名氣就好辦，寫作不愁無出路。或者只要自己能夠活得久一點，以後便是一字不寫，「文學家」的頭銜總是冠在自己頭上的。不幸短命死了，一篇評傳仍是有人動筆。然而我們一想，像這樣的作家和這樣的評傳又有什麼意義呢？我們固然需要作家的評傳，但我們需要的不是這樣的作家的評與傳呀！

我們以為評傳的對象應該具有以下的條件：

1. 寫過成功的作品；
2. 作品曾經在廣大的讀者群中發生過影響；
3. 仍然繼續在寫作。

這是對有相當歷史的作家而言，在別一方面，我們更注意於新作家的評介。無疑的，新作家比較更有其偉大的前途，那怕他們之間，目前還只刊行過一兩本集子或僅有幾個短篇，我們何幸能站在旁邊拍著手鼓著他們前進？

「接受文學遺產」的呼聲，也已經有人在那裡喊出了。但這工作並不容易；刊登幾篇國學系學生的論文試卷固然有負於那句口號，便是僅把舊書來重新考證一下，也說不上這工作就算完成。「遺產」的範圍太廣，而我們之間的能力又極有限，現在只打算從小說方面入手，自水滸，紅樓夢以至於官場現形記之類，最好能將每部書正確地系統地詳盡地批評一次，或者對於「遺產」何者應該接受，何者應該摒棄的問題，多少總可以得到解決了。

再次則是對於新文學運動以來的總清算。自「大眾語」一問題提出之後，幾乎近二十年間盛極一時的「新文學」，竟又大有日暮途窮之感。然而其間仍有不可磨滅者在卻是無可否認的。拿事實來。那當然要在廿年中的出版物——尤其是期刊中求之。如新青年，如晨報副刊，如語絲，如創造月刊，如小說月報，如奔流，文學月報……在當時，都各受過讀者們的歡迎，現在我們再各給它們一個確實的估價，論其意義，似並不在「接受遺產」問題之下。

自然這些都是艱巨而繁重的工作，自視能力，本不勝任。只是我們既已感到這工作之重要而不可緩，便不能不努力做去。特別先在這裡提出來，誠意地希望全國的作者和讀者們，能夠一齊分頭擔任。如果每一項都有人擔任起來了，我們省掉獻醜，自更不勝高興之至哩！

還有一點須請大家注意的是：願意擔任上述工作的人，最好決定之後，先肥撰擇的題目和交稿的日期盡先通知我們，以免兩稿重複，致耗心力。

　　敬謹企盼全國的作者同來完成此偉大的工作！

（八月二十五日）

編後（第四期）〔註6〕

　　本刊每期附載的文壇消息，其來源係經各方面愛護本刊的人由信函見告，而由一個人整理成篇的，或者遠道傳聞，難免不偶有失實的地方。譬如第三期《文壇簡報》中，竟把《新語林》也列入休刊刊物之內，在同期的《編後》上面，我們且深致其惋惜之意。但事實上該刊第四期繼著又跟大家見面了，這才使得我們恍然於上項消息的誤傳，而因在編後冒昧地說了那幾句話，更感到萬分的內愧，雖然那幾句話是善意的。

　　現在，特在此處提出，以作更正。

　　九月五日，本刊收到王任叔先生來信一封，如下：

　　　　編者先生：

　　　　在第一期貴刊裏，看到國內文壇消息一項，內載弟與史岩將編一《新文學季刊》。當時弟以為天下同姓名者多，未便奉函更正。昨遇吳組湘兄，知有史岩其人，借弟名向吳兄索稿。而所謂史岩者又與弟為同鄉。因之憶及上年亦有史濟行者，向馮子韜兄處索稿，馮兄來函詢問，致弟茫然不知作答。馮兄以史濟行曾竊郁達夫先生稿子，其人本不可靠，故不遽復史君，先向我問個究竟。現在看來，大概所謂史岩者，即史濟行也。所謂編《新文學季刊》云云，亦一無稽之消息也。請先生把這事更正一下，俾弟不致因史君之招搖撞騙，而見棄於朋友，幸甚幸甚！
　　　　……

　　　　　　　　　　　　　　　　　　　弟王任叔啟

　　這裡，得先說明那條消息的來源：約在六七兩月間，有許多人各先後收到大致相同的一封信，信曰：

　　　　××先生：

〔註6〕創作於1934年9月25日，發表於《當代文學》第1卷第4期，1934年10月1日。

　　曩讀尊譯「×××××」，欽佩之至！先生的譯筆，不僅十分忠實，且流暢可誦。在市上充滿著生硬譯品的今日，對先生益使我欽佩不置。

　　我們的幾個人，鑒於目今文壇之蕪雜，忠於文藝者太少；特發起組織一《新文學》月刊，預定九月一日出創刊號。形式及性質，略與傅東華編之「文學」相彷彿，不過我們要比較年青一些。該刊由上海春江書店發行，而編輯處因同人職業關係暫設寧波。負責編務者除我外，尚有王任叔、鄔孟暉二人。稿已一部分付印，計有老舍、魯彥、許傑、蓬子、巴金、靳以、徐盈、澎島、隋洛文、魏金枝、董秋芳、王余杞、張天翼等文字。惟內容關於論文一項，尚感短少，懇乞先生惠賜是項論文一篇，以光篇幅！如無新譯，舊存譯品亦可。但，千萬不要使我失望才好。酬費可有千字五元，版權仍由原譯者保留。大稿最遲盼於八月十日以內寄來，俾得趕及付印。想先生熱心文藝，當可允我所請吧！

　　為了《新文學》初次問世，給人印象不能太壞，請先生無論如何要在百忙中惠以文稿，切莫藉端阻卻我，或者拒絕我。

　　末，我敬以最大的熱忱，期待著先生的惠稿。專此即頌譯安！

　　　　　　　　　　　　　　　　　　弟史岩拜。七月十八日

　　稿到，即囑春江書店將酬金寄奉。岩附及。惠稿乞寄，寧波，江東，華嚴街二十號

　　上面這封信是收到較晚的一封，前此各封除了「請寄文稿」之外，還多一個「請寄相片」。那時本刊創刊號正在付印中，順便就把這消息加入文壇消息之內。後來又知道：有的收信人感於原信的誠懇，真就如約將稿寄去了；有的呢，卻說：「我們現在並不是擺架子，實因他們索稿態度及辦法太不好，他們向此間友人索稿，往往對此人言已有彼人之稿，對彼人言已有此人之稿，是迨大家相晤，始悉其一種手段而已。遂都不願與他們稿子。」於是寄稿子的人便也懷疑起來，又寫信去索回，而回來的不是稿子，仍是一封信——

　　……弟等主持之《新文學》，因集稿不易，特展期至九月中旬出版。先生大作「× ×」已付排，是篇文字，弟讀竟覺風格甚新，可以不必另換其他作品。張天翼聞近甚忙，故尚未有稿寄來。徐盈早

曾寄來「民眾教育館」為題之短篇創作一篇，何得云無？其他如老
舍、蓬子、黑嬰、澎島、萬迪鶴、許欽文、李長之、臧克家、劉延
陵、孫席珍、陳瘦石、王向辰、李青崖、王了一等，先後均有稿件
寄來，先生所說只有一篇尊作何能足數，諒聽信讒言所致。好在敝
刊不久出版，一切均可見諸事實。

……

弟史岩拜

因為王任叔先生的來信，我們不得不把這事經過敘述一下。現在，史君所
說的編輯人中，王任叔先生已自己來否認了，至於史岩即史濟行和《新文學季
刊》展期到九月中旬出版一層，只有請史君以「見諸事實」來證明，我們且休
「聽信讒言！」

《文學》第三卷第三期《書報述評》欄中刊登了惕若先生的《兩本新刊的
文藝雜誌》，其中的一種便指的本刊。我們自認是多少還有點生氣的一群，我
們並不停滯在某一地段而是日日在求前進，則對於外界的批評，自然十分歡
迎，並且十分感激。

惕若先生開頭就批評本刊的《發刊詞》，指出原文的「雖然得選擇讀者，
但也不能失掉讀者，」是一種「矛盾」，而再加上，「我們將以讀者的意見為方
針，以讀者的意見為原則」的「被動的客觀的」態度，在本刊自勉的「生存得
較有意義」一點上是一種危機。但我們的意思並不為此：原文雖「寥寥幾句」
義意還算明白，原文中指出近年刊物死亡的原因，其一是「趨向的固執」，這
是環境使然與讀者無關；二，卻是刊物本身「已非今日既不盲從更難欺騙的廣
大的讀者之群所需要」，所以才有「廣告無靈，委實無法」的話。因此，我們
所說的不能「失掉」的和應該「選擇」的「廣大讀者」也是有條件的，條件便
是「既不盲從，更難欺騙。」這樣的讀者，我們相信他是整齊的，他們的「需
求」，似乎也不會十分「紛歧」。同時他們的意見當然可以作有我們的「方針」
和「原則」。危機？惕若先生未免過慮了。

然則什麼叫作「既不盲從更難欺騙」呢？這說起來話太長，不如舉一個譬
喻吧：從極小的事上說，比方「廣大的讀者」都一致推許茅盾先生的文章，但
不能因為某篇文章不是署的「茅盾」便說它不好，這就是「不盲從」；或者另
有人署「茅盾」之名而也能覺察出來，這就是「難欺騙」。這是無須多解釋的。

本刊自出版以來，辱承全國報章雜誌交相評介，我們本不敢有所辯白，不過惕若先生提到本刊的《發刊詞》，故我們不得不再加說明一次。事實上別的批評者對於該文都很「放心」，而三百件來稿中內容又完全一致，想來那「寥寥幾句」的原意，大家都還了然，這是我們可以自慰的，並以奉報惕若先生和與惕若先生有同感者——假如真還有其人的話。

（九月二十五日）

編後（第五期）〔註7〕

第五期《新語林》的下期目錄預告中，發現預告著艾蕪先生的一篇《爸爸》，作者的名字和作品的標題都和本刊本期的一篇相同，大概內容也不會兩樣了。這在本刊是一件恨事——不可挽救的恨事！

連這件事算在一起，同樣的已發生過三次：第一次是何谷天先生的《薛仁貴征東》，寄來後已排入第三期，並且在第二期上刊出預告。忽然在《文學季刊》第三期上看見這篇文章已經刊出，同時又接到作者由航空發來的聲明信件，我們只得趕速將預告稿子抽回，重新編排一次，還算好沒鬧出笑話。第二次是黎錦熙先生寄來的四篇《大眾短〔註8〕問題短論》（一，《大眾語果有階級性嗎？》二，《大眾語和「方言」是否矛盾？》三，《大眾語要不要「標準語」？》四，《大眾語真詮》），我們正想編入第四期，但還沒來得及編入時，卻一篇篇都連接在大公報文藝副刊上登出了。這兩次幸而時間上還來得及想辦法，倒也十分自幸；這次卻不同：不但預告早經登出，全篇也已印得，太晚了，挽救來不及了，除了遺憾之外。

本刊為避免拉湊的流弊起見，一向是提前編輯。一期出版，下一期的文章都已預備齊全，後來收到的稿子就得往後推移，其間自然容易使作者感到發表遲慢的不快，那是真的，可也無可奈何，只有希望肯給本刊作稿者原諒罷了！

無數對本刊懷著好感的作者，寄來稿子總一再地囑咐編者耐心細看，意思是刊登與否都無關係，但總得從頭至尾看完一遍；甚至還有遠在關外的投稿

〔註7〕創作於 1934 年 10 月 25 日，發表於《當代文學》第 1 卷第 5 期，1934 年 11 月 1 日。

〔註8〕應為語。

者，輾轉把稿子寄來，濃圈細點地希望編者看完一遍比希望和愛人接吻還利害。這不怨他們對本刊無任信心，事實上使他們失望的時候太多了。

我們應該聲明我門絕不如此。我們收到稿子之後，先審查合用與否（這裡面不僅限於寫作的技巧），然後斟酌文字的內容和性質，分別編排。在發稿前又逐篇細讀（創作）逐篇查對（翻譯）一遍（也許因為特別的原故，臨時還得抽出來），才算決定。不合用的在每月初間便陸續按照地址退回，退回之先，又再看一遍，以昭慎重。留下來的稿子，容有相當時間沒刊出的，那一定是還在斟酌中或在等候適當的機會，稿已退回的作者再把新的寄來，我們仍一樣地重視，一樣地審查。我們這樣辦，不僅企圖無負於讀者和作者，並且為的是對得起本刊。

以此自勉，並以奉慰。

有好幾處如圖書館之類的文化機關，常有信來叫我們按期寄贈本刊，我們都把原信轉交本刊出版者的天津書局去了。這一類的事不在我們的事務範圍之內，以後請直接和書局接洽，恕不作覆，合併聲明。

（十月二十五日）

《庸報・噓》編輯資料

發刊詞 [註1]

笑與哭，或者吶喊，同是人類自原始以來所具有的情感的表現；同是生理上的本能，任誰都應該享有這種種的權利。

但自歷史漸漸推延，社會跟著進化，地位分了尊卑，權益分了厚薄，情感雖仍存在，表現的方式就已繁複的多：譬如笑吧，便有乾笑，媚笑，冷笑，獰笑之分；而在哭聲中，痛哭大哭早已不聞，大概都變做低泣飲泣了。至於吶喊，久矣乎已經懸為厲禁，那還容許自由自在地從心底發出一聲來呢？

好在情感終難泯滅，在暗角中仍忍不住偷偷尋求著發洩的機會。沒有歡笑的心情，可無須呻吟或太息；吶喊吧，即使不能，噓，這是一個替代的音號。

噓，遠處近處，總是噓聲。

天色向晚，夜幕遮蔽了大地，看不見一線光明，幢幢往來的盡是鬼影。四面張開網羅，空際彌漫著血腥。這時候，情感在內心激動著，不能笑，不能哭，不能吶喊，就只有噓。噓，噓是對於鬼影的蔑視，噓是對於黑暗的抗爭。

到處噓聲發動時，不也可以集成一聲有力的吶喊麼？天，這就快明亮了呢！

一九三五年三月一日

〔註1〕1935 年 3 月 3 日，發表於《庸報・噓》第 1 期。後收入王余杞著，王平明、王若曼整理《王余杞文集》（下），花山文藝出版社 2016 年版，第 598 頁。此篇錄自《王余杞文集》（下）。

致讀者（一）〔註2〕

目前的文壇上，因壟斷把持的結果，已然造出了一般只見消息，並無作品的「作家」；因勾結援引的結果，更出現了許多耗費篇幅，不知所云的「作品」。你們會對於某一個名字非常熟悉，但你們卻說不出他曾經寫過什麼東西。這便是前者。其人雖覺可恨，幸而他們自己知趣，乾脆不寫，間接替雜誌刊物節省不少紙章，還算是一宗可喜的事。唯有後者，他們忽然想到自己是「作家」了，似乎也應該弄出一點「作品」才對，好在雜誌的編者，不是自己的朋友的老師，便是自己所屬的陣營中的主帥；直接間接，總有關係，文章刊出，名利兼收。然而這一類真才是不能寬恕的！

即使你們翻開自命「權威」的刊物，你們也能發現其中名字怪熟，文字怪生的作品吧。那你們就不必死心地奇怪著「何以這樣的東西也被選錄」了，你們應該打聽它的來歷。不錯，他們都是有「來歷」的；不然，如許的雜誌上，怎麼總是那幾個人在出頭露面呢？「世無英雄，遂使豎子成名。」魯迅先生不是已在慨歎著了麼？

話說明了，你們不必嫉妒他們，卻也不可置之不理；最好你們把那些名不副實的「作品」，就所看到的開列一點給我，除了注明出版處之外，自然也得附一篇嚴正的批評。批評須力求簡短，痛罵一陣倒也無妨——痛罵一陣，還比他們勞民（勞手民排印）傷財（糟踐篇幅）的罪惡大麼？批評的對象，暫限於創作小說。收稿期間，並無限制。

我是願意盡一分力的，請從此始。

嘘。三月二十日。

致讀者（二）〔註3〕

收到你們中的幾位來信，責我在第二期上介紹「文學新輯」過於簡單，那的確是我的疏失，謹向你們道歉，並補述於此！

〔註2〕創作於 1935 年 3 月 20 日，發表於《庸報》第 3171 號（1935 年 3 月 24 日）第 12 版，刊於《嘘》第 4 期。

〔註3〕創作於 1935 年 3 月 22 日，發表於《庸報》第 3171 號（1935 年 3 月 24 日）第 12 版，刊於《嘘》第 4 期。

　　文學新輯係文學新輯社主編，上海雜誌公司總代售，天津天津書局亦有售賣。完訂閱全年二元八角，零售每期在二角五分。

　　這個雜誌，和別的同性質的雜誌，有許多不同處：第一，它不曾立有門戶；第二，它不想統一天下；第三，它不願拉攏名流；第四，它不肯受人利用，第五，它並不提倡「幽默」，第六，它沒說自己是「權威」；第七，它沒有領用津貼；第八，它不以刊登稿子來應酬朋友。……

　　一個雜誌應有的精神他都做到了，這本來值不得特別表彰，但在目前中國的出版界中，他是值得表彰的。

　　我樂意把它介紹給你們。願你們和我一同祝他康健！

噓。三月二十二日。

致讀者〔註4〕

　　本期開始登載的《在薦頭店》，是一篇值得推薦的作品，我高興把它介紹給你們。

　　文字雖然較長，似乎不適合用於週刊，但作者的名字陌生，雜誌編者的眼睛，大概不易落到只有內容的作品上的。我願意替你們盡一分力，我決定登出它。

　　在現狀之下，一個作者依然有他可走的道路，這卻不是能夠妄想幸致的：你們不信，且仔細讀讀這篇文章。

噓。

致讀者〔註5〕

　　本刊通訊處現暫改由本報轉交，敬希注意。

噓。

〔註4〕發表於《庸報》第3234號（1935年5月26日）第7版，刊於《噓》第11期。
〔註5〕發表於《庸報》第3248號（1935年6月9日）第8版，刊於《噓》第13期。

往事小記 〔註1〕

　　今天南開大學文學團體約了幾個寫文章的人去談話，我也是被約的一個。和我們對面坐著的是五六十位南大的學生，有男的也有女的，都輪著熱誠的眼光，靜等我們張嘴說話。我是第一個被叫起來。我非常感到窘迫：一邊同時被約去的其餘幾人，都安然自在地端坐一旁，袖著手欣賞我受難的形象；一邊五六十對眼睛更睜得圓大。我應該說什麼？我寫過一些不好的文章，讀者喜愛是讀者們的善意；我編過副刊和雜誌，那都是作者們的心血，也不能算做自己的功勞。我只有慚愧！

　　一直慚愧著，我勉強結束了我的演詞。

　　但他們和她們仍然包圍著我，提出我的某一個集子，指出我寫過的某某幾篇，他們都清楚地記憶著各篇的內容和描寫。

　　「先生的《惜分飛》是怎樣寫成的？」

　　一句問話喚起我的記憶，久已忘掉的情景又驀然從腦膜上印出來。那情景正和眼前成了個對比，使我不禁更加感動：眼前的他們是幸福的，他們有教師的指導，他們有五十六個以上的同學互相切磋研究；而我卻沒有。——我當時所遭受的只有冷落！我寫《惜分飛》的時候還是剛在交大上本科，交大沒有文學科目，同學間更少同志的人，有誰指導我，又有誰同情於我的努力？那時我只有獨自偷偷地坐到最後排，抽出剛〔註2〕筆，打開稿紙，暗自寫著。一篇完

〔註1〕發表於《交大平院季刊》第2、3期合刊，1935年12月20日。後收入王余杞著、王平明、王若曼整理《王余杞文集》（下），花山文藝出版社2016年版，第304～305頁。現據初刊本錄入。

〔註2〕應為「鋼」。

成，印了出來，在社會雖然得到了意外稱許，在學校裏，在課堂中，仍然只感到冷落，冷落，不堪的冷落！那樣的情景，真的，我再也不敢記憶起來。

當時的同班裏喜歡信筆塗鴉的還有朱大枬潘式兩兄，潘式署名梟公，也寫過不少的小說；大枬則是詩人。而今大枬已死，梟公又已擱筆，只有我還不時寫寫，妄想為中國的新文學運動效一點微薄之力。其情可憫，其事可悲，因為寫作是不能解決生活的，所以我又不得不極度忍耐著，困守公事房中，仰看別人的臉色。只逢到一些同志們相聚一起時，我才得長長地吐出一口氣來。但是別人的希望太高，又只有我自覺內愧了。——這一切我都告訴了他們。

從南開回來，接到母校季刊向我徵稿的信，因剛才談到在學校時寫文章的情景，順便記了下來，以便交卷。

一九三五，十一月十九日，在天津

人我之間 [註1]

有一些時候，在有一些地方，有一些人的意見和我是有一些不同的。

八年前的七月二十七晚上，在天津保安隊和日本軍隊開了火。我的住處正陷在火線中，在第二天日本飛機任意低飛轟炸之下，我只好「挈婦將雛，」狼狽逃去。明知此去將不再回轉，但也不曾帶走些須衣物。間間屋子陳設依然，而我說走就走，略不回顧。我是一直在興奮著；我祈求戰爭！只要中國兵肯端起槍射向敵人，我的家，一任毀之於炮火而無憾。

那也許還是一時的感情衝動。等到又一天，保安隊被迫撤退，維持會出現，口稱「和平」，街上奔走著販賣太陽旗的小孩子。無數躲到租界邊的難民相率回去，紛紛回到自己的家，收拾起困憊和驚惶，打點去做順民。——也就是為了捨不得自己的一個家，初時勉強，終於習慣地含垢忍恥，留了下來。

而我，悄然地，搭上了事變後南行的第一隻海船，拋掉了家，孑身走掉。

我這走，當時原有主意的。從南京的廣播中，收聽得大軍集中保定，四師反攻。我於是預備由海道南下，而由平漢路北上，那時節，我將隨軍重返天津。

當我將這心意告訴別人時，人們聽了，毫無表示。——表示應該有的，表示只藏在心裏。自然是：「那兒成呢！」後來事實上居然不成。其中不是沒有原因的。抗戰被人專利，抗戰脫離人民而且擾害著人民，人民來不及明白戰爭

〔註1〕發表於天津《文聯》第2卷第7期，1946年4月15日。後收入王余杞著，王平明、王若曼整理《王余杞文集》（下），花山文藝出版社2016年版，第413～416頁。現據初刊本錄入。

的意義而又每受到戰爭的災害，他們因此躲避戰爭，有意無意之間甚至幫助了敵人。將軍們席捲家私盡先逃走，那兒說得上反攻！

這樣的看法不算浮淺，徒然只會「那兒成呢」的人是不足以語此的。只看後來人民軍隊崛興，一步一步地前進，一區一區地發展；一切依賴人民，一切為了人民；人民和軍隊打成了一片，不但不逃避，而且並肩作戰。那兒成呢？那兒不居然成了！

抗戰第二年春天，我們一群文化工作者在西線流轉了大半年之後，疲勞了，厭倦了，有人便想找到一處「歸宿的地方」。我當時對這意見是力持反對的。

我以為「歸宿」的地方誠然是一個理想的地方，但我們打算去休息麼？那就等於逃避，我想大家不會如此。打算去工作嗎？那裡已有許多人在工作著，並不十分需要我們。需要我們的地方乃是更寬廣的，非理想的地方，那才迫切地需要我們前去播種。自然，困難是太多的，疲勞和厭倦，得振作起來。

我懊喪我不曾說服他們。這與其說是我不善於言詞，無寧說因我多少還帶上一些「官氣」，當辯論已經流於感情用事的時候，我在他們眼睛中，「官氣」就格外顯得強烈了。因此他們排斥了我。其時我不免悻悻然，據實寫成了一篇小說，投登《抗戰文藝》上，文中頗有自我辯白之處。這舉動實在冒失，後悔不及。雖則他們當時所加於我的一句話，至今不能令我心服。那句話是：「你是害怕到那兒去！」

我何曾害怕什麼！一九三九年一整年我都在老家辦報。我認真是在那裡播種，居然跟著生了根，發了芽。

忽然有一些人覺不大愉快起來。最初只想要把我轟走。繼而轟也轟不走，乃等因奉此地動了公事，公事層層轉上去，轉到了最高的一層，又層層轉下來，轉到了最低的一層。

於是，在成都，在一個暗角裏，我受著「優待。」有詩為證——
鮮血能將頂染紅，剝膚敲髓計何工？
鷺鷥態作藏秋水；虎豹皮蒙仰大風。
物我渾忘原未肯；死生不易總應同。
百〇二日成虛話，且向人前一鞠躬！

百〇二日還我自由之後，還得接受一個條件；「隨傳隨到。」那意思就是「頂好你莫走開」。

我只得又去做「官」，一躍而為座上客。

我幹的是我的老當行：辦運輸。當時後方四圍被封鎖，運輸工具連最古老的驛運也都搬了出來。四五年中間，我們曾經用人力背負軍糧，爬過冰雪載途的天雪山，送給第六戰區的士兵食用；曾經用人拉的板車載運過炸彈，吃力地運到萬山裏的平原機場，供應盟國空軍轟炸前線敵兵之用；曾經利用成隊的獸力大板車，長途跋涉，經過川陝兩省地界，運汽油，運機器，幫助後方的建設；曾經利用成群的木船，載運糧食接濟陪都的民食。但是，能夠幹得好麼？不會的！在腐爛的制度之下，一個人實不能獨善其身，儘管費盡百分的力氣也難得收到一分的效果！

楊家嶺的辦法多麼值得人效法呢，我曾經試著把它搬到成都來。招呼車商和貨主，直接來和我們辦交涉，不必再去請教中間剝削階層的運輸商行。我們這機關願意保障車商貨主雙方的利益，以加強運輸效能。

然而中間層的運輸商行，豈肯罷休？他們有的是錢，他們能夠製造「輿論」，他們更甚而能夠拉攏我們的上級機關。——結果，失敗倒屬於我們的。

此外我還沒忘記寫文章。寫文章一樣是先時寫得出而登不出，因為總登不出也就跟著寫不出來了。黨部的警告，檢查官的扣留，編輯先生的割裂，令人咬牙切齒。一言難盡，還是引出兩句詩來——

「搖筆每驚文網密；執鞭寧懼驛途長」

去年八月，敵人居然投降，我們居然勝利。表面上轟轟烈烈，心地裏委實羞羞慚慚。大家都以為我們頭年才失敗得悲慘，今日卻又勝利得難看。究竟真是我們勝利的麼？我們真可算得五強之一麼？

這話如果問到我，我一定毫不猶豫地大聲答出：

「是！是我們勝利的！我們無愧於五強之一！」

大家之所以懷疑，是只看到了一方面——甚至是一方面的一角落。眼睛望到重慶，重慶的藏垢的污，真是不堪言狀。以此，中原一戰，戰無不敗；湘桂一戰，戰無不敗。在連戰俱敗，戰無不敗。情況下，忽然說到勝利，豈僅別人，自己也會紅臉的。然而事實上的確勝利了，勝利的鑄造雖主要的由於盟軍，但倘使敵人不虛耗他大部分兵力於中國戰場，勝利勢將無由如此迅速而得。中國有著艱苦牽制敵兵之功，勝利於中國有分，我們當之而心安理得！關於這，我們實不能朝重慶這一方面的一角落看，我們當先看那更遠更大的地方，看那裡廣大的人民和人民的軍隊。再的看重慶也可以，卻該撥開那腐朽的一層，看看

其中的壓抑著的艱苦的正義工作者，包括了大批要〔註2〕學者專家和文化人以及無數醒覺了的工農群眾。自然他們都是具有巨大的力量的，發揮出這巨大的力量，中國又何愧於五強之一。

敵人投降，我們接收。接收者就是勝利者。勝利的姿態以對於收復區的中國人為限。對日本人卻不然，那是所謂的「寬大」。日本人仍然大模大樣地極盡享受，我們若熟視之而無睹。似乎中國人向來有尊敬洋人的脾氣，日本人雖然戰敗，到底仍是洋人，我們不加尊敬就會怪不好意思。至於中國人呢？則不在話下，一切都是「偽」，「偽」與「真」勢不兩立，誰叫他們不到後方去蹲上八年？蹲上八年便是資格，具有這資格便該享受偽字號的人的尊敬，一如自己的尊敬洋人的日本人一般。人們在重慶時的想法尤其不同；還打算摒一切「偽」人而不理；倒是既來之後，禁不起「搖身一變」者的善於巴結，巴結總是容易使人心動的。由心動而交好，由交好而合流。儘管「偽」者終淪為「偽」，偽中之奸，倒又得巴結而扶搖直上了。

我雖來自後方，但我的意思是和他們有一些不同的。故我此刻來到天津，亦不免受人排斥，幾乎使人疑心我也成了所謂偽字號的人。

到底，有一些時間，在有一些地方，有些人的意見是和我有一些不相同的。──但我不相信我的意見是和廣大的地方的多數的人不同的。

〔註2〕應為「重要」。

我的計劃（王余杞部分）[註1]

　　頭從工事[註2]堆中抬起來，望向窗外。窗外花園，積雪未消，在一片白雪中縱橫著幾條斜直黑線——那是人們走出來的路。

　　於是我不免喟然而歎了：我的路呢？——收回眼光，重複落到公事堆上。——我的路呢，正盤旋在這些旅行著的公文中！

　　「七省四遷：科、秘、處；八年三變：鐵、公、雞。」那是我去年過年，因等飛機，困坐重慶時自擬的春聯。上聯容易明白，就中記載著我的工作變更過幾回，關係到幾省區和擔任過哪一些職務。下聯卻費解了，乍一聽恐怕得不免叫人納悶：怎麼會跑出來一個「鐵公雞」——然而不知，原來這個「鐵」，是指的鐵路；「公」是指的公路；「雞」，是指的雞公車，也就是大後方代表自力更生的驛運工具。

　　回想八年中，國家的命運真覺一步緊蹙一步；因之個人的工作手段也隨之每況愈下！——可這並不唯我氣餒：咬緊牙關，抗戰到底！四萬萬五千萬人憑著這一股子韌勁，終於換來一個「勝利」。

　　勝利了，該復員了。到哪裏去呢？我一想便想到了天津。——八年前被迫離開天津時，我已決定了我的路向的：「我一定還得回來！」

　　我終於回來了，我走上了我的路。——然而這一條路啊，鎮日裏盡在公文

〔註1〕發表於《人民世紀（天津）》第 1 卷第 5、6 期合刊，1947 年 1 月 15 日。《我的計劃》一共五則，作者分別為杜建時、李書田、王余杞、王家齊、林墨農。王余杞所寫部分，後收入王余杞著，王平明、王若曼整理《王余杞文集》（下），花山文藝出版社 2016 年版，第 423 頁。現據初刊本錄入。

〔註2〕應為「公事」。

中旅行。提起筆來不容我寫出一篇像樣的文章；擬訂一個方案，難得有一個實施的機會……我又不禁要喟然而歎了！

　　窗外，天暗下來；昏暗中，電燈亮了。花園雪地上，縱橫著的幾條斜直的黑線上，紛紛的行人各自走著他們自己的路呢。

　　我的路呢？──再低頭看桌面上，桌面上仍只一張白紙，空空寫著一個標題：「我的計劃」。

十二月十八日

關於《賀綠汀的〈游擊隊之歌〉》
（王余杞部分）〔註1〕

　　讀到你刊一九七八年第一輯刊登的《賀綠汀的〈游擊隊之歌〉》一文中提到上海救亡演劇隊第一隊的事。這件事我有過一點經歷，現在來作一點補充：

　　一九三七年七月二十九日，天津被日軍佔領，我脫險南下，到達南京。在南京，知道馬彥祥率領上海救亡演劇隊第一隊來到南京。我去找他們，要求參加。參加後不久，隨隊去漢口。在漢口遇劉白羽，他託我向隊裏介紹，隊裏吸收了他。演劇隊到開封後，馬彥祥離隊去漢口。隊裏改組，不設領隊，分設總務、編劇、演出三個幹事，由宋之的任編劇、崔嵬任演出、我任總務。劇隊經陝縣到達西安。當時的西安是國民黨反動派封鎖延安的一道重要關口，對於進步力量，乘機製造摩擦，把演劇一隊看作眼中釘，開始就百般刁難，無理取鬧；此後又利用御用報紙《西京日報》捏詞攻擊。鄭伯奇正在西安主持文化界抗日工作，演劇隊得到他的積極支持，但終不免被迫離開西安，轉往鄭州。

　　火車剛到鄭州車站，鄭州市國民黨部派人來「接待」。當時，宋之的和他的愛人王蘋躲在人後，等接待人一轉身，便偷偷告訴我，接待我們的那個頭子，就是當初逮捕並審訊他的人。他不能留下，還叫我也要多加小心。因此我們在鄭州不敢久留。上哪兒去呢？首先想到的是去延安。去延安，那得跟駐西安的八路軍辦事處聯繫汽車。西安，我是不能去的，便由崔嵬和另一位前往。他們

〔註1〕原載《新文學史料》1979 年第 3 輯，第 296 頁。後收入王余杞著，王平明、
　　　　王若曼整理《王余杞文集》(下)，花山文藝出版社 2016 年版，第 531～532 頁。
　　　　現據初刊本錄入。

回來說辦事處的同志認為我們不必去延安,延安的人都向前方出發了,我們最好是去山西臨汾,當時的八路軍總部駐在那裡。

演劇隊在臨汾,賀綠汀的《游擊隊歌》就是在這期間譜成的。當時正有一批批部隊開赴前線,劇隊全體列隊村外(好像叫劉村)路旁,唱著這支歌來送走他們,並由他們把歌聲帶到前方,傳遍各個抗日敵後根據地。

我是在臨汾離隊的,同我一起離隊的還有劉白羽。臨走時歐陽山尊交給我一個劇本,託我到漢口找馬彥祥代為發表。我在漢口找著馬彥祥,他正在編一種戲劇雜誌,這個劇本就在那雜誌上發表了。劉白羽和我應上海雜誌公司(當時遷漢口)以群的邀約,合寫《八路軍七將領》一書。這本書是在國民黨管轄區內出版的第一本有關八路軍的書,出版後風行一時,後遭國民黨禁止。

《大公報》副刊編輯陳紀瀅是我介紹劉白羽和他認識的,目的在於投稿。劉白羽要去延安,由我把他介紹給來漢口的八路軍辦事處長彭雪楓,由彭寫信讓他到西安八路軍辦事處乘搭赴延安的汽車。

王余杞

記《當代文學》〔註1〕

　　1931 年九一八事變，日本侵略軍強佔了瀋陽。由於國民黨蔣介石的不抵抗，日軍鐵蹄，猖狂地在東北踐踏，1932 年 1 月，進犯山海關，侵佔東北全境。這一階段的武裝侵略，以 5 月簽訂塘沽停戰協定的賣國條約，暫告結束。協定的實行，是國民黨反動派取締察綏抗日同盟軍，取消平、津、河北的國民黨黨務機關和撤走憲兵第三團。實際上等於拱手把華北河山送給日本帝國主義。——這是「安外」。

　　「攘內」：蔣介石一連四次發動對江西中央蘇區的「圍剿」，四次遭到可恥失敗。紅軍號召抗日，揭了他的瘡疤，便在對外屈辱訂約之後五個月的 1933 年 10 月，調集百萬兵力，進行罪惡的第五次「圍剿」，不顧人民的死活，架勢十分囂張。

　　內憂外患一齊來，壓迫中國人民大眾喘不過氣。特別是在天津，天津自從塘沽協定簽字後立即變成了日本侵略華北的大本營。滿眼軍棍浪人、漢奸走狗、走私偷運、白麵嗎啡、胃活仁丹、梅毒花柳……青年們滿腔怒火，一點就燃。人群奔走呼號，組織救亡團體：舉起他們的筆，寫出詩歌，寫出文章，發抒激情，要求全國一致奮起反對侵略，反對壓迫，浩大聲威，震天動地。例如當時的文學青年們就組成了一個海風社，自費出版了《海風》詩刊（半月刊）。我記得他們之中的青年詩人邵冠祥和曹棣華。他們多數還在讀書，好不容易節衣縮食才籌集得詩刊印刷費。一篇刊行，耗盡心力。捧讀他們的作品，只覺沉

〔註1〕原載《新文學史料》1979 年第 5 期，第 202～206 頁。後收入王余杞著，王平明、王若曼整理《王余杞文集》（下），花山文藝出版社 2016 年版，第 533～537 頁。現據初刊本錄入。

沉地墜著我的手，更沉沉墜著我的心。他們唱出了時代的最強音：控訴黑暗，歌頌光明；同時也在向老氣橫秋一輩人示威：不要輕視他們，他們手中掌握著未來。

我跟他們一個樣，業餘時間也是在到處投稿。投寄到上海的，到 1933 年逐漸感到寫來吃力。我愛寫點應時文章，文章刊出後，往往發現不是編輯的加工，因而弄得文義不明。甚或字裏行間，不斷出現×××、□□□，看起來真是莫名其妙。空谷足音，我慢慢地有所瞭解了。

1932 年年底，在上海的宋之的來信問我：「看看你自己的稿子，滿意嗎？」不滿意怎麼著，還有根本就「免登」的呢。因為國民黨反動派在「攘內安外」的方針嗾使下，在上海設立了書刊報紙檢查機關，一揮筆桿子，弄得許多稿子死無葬身之地。老宋在信上說：「左翼稿子登不出去，天津不比上海，天津還沒被反動派注意，可能開闢一處陣地。」他要我在天津辦一個刊物，以便刊登在上海登不出去的稿子。這可是一件燙手貨，天津的確不比上海，當然天津沒有書刊檢查，不比上海；可天津也沒有大書店，也不比上海。天津僅有一家天津書局，它是夫婦二人的家庭組合，只管賣書，不管出書的。由於像樣的賣書的只此一家，加上地點適中，營業看來不壞。我自己買書就總是到他們家去買，來往倒有點熟，但憑一個「熟」出不了刊物，得有拿得出來的資本，這一點，我沒有把握。

老宋比我還急，過了年，又來信，催我去辦。我試著找那兩口子，一談倒很熱心，答應核計核計。可是那口子一使眼色，這口子的臉上就現出了一臉的可憐巴角。我看要黃，就跟這口子打氣，舉北新書局的李小峰為例，以《語絲》起家，現在成了上海灘上的大老財，瞧瞧，多火紅！——藉此叫他眼紅。

宋之的不斷來信催促我，期在必成，後來竟自寄來一大包稿子。我不斷跟書局老闆協商，稿子寄到後，甚至抱著給公母倆看，介紹這些稿子都是人人喜愛的狗不理包子、東站飯攤上的餑餑熬魚和煎餅果子攤雞蛋，提起來就叫人流涎水。我和老宋一樣，這時也期其必成，像天津這樣一個世界，實在太需要匕首、投槍、尖刀、響箭、暴雨、狂飆、驚雷、閃電……摧枯拉朽，把這樣一個世界打個稀巴爛！不關我有什麼力量，殘酷的現實終究教育了這對年紀還輕的夫婦，國家危亡、民族覆滅的憂懼威脅著他倆，使他倆終於激昂慷慨而又穩步持重地接受了我的建議。趁熱打鐵，再下工夫，表明我不要編輯費，不要稿

費，並且允許對稿件按最低標準計酬（稿費歸書局結算，我不經手）。我還吹噓我能拉稿，拉來名作，刊物出版，保險能銷，打開一個像樣場面。

事情說妥，我就著手編輯稿子。首先，刊物叫嗎呢？叫「文學」吧，上海已經有了一個《文學》，北平也有一個《文學季刊》；叫「文藝」吧，又有了一個《文藝月報》；在「文學」上面加字吧，比如加「現代」之類，偏偏上海已經有了一個《現代》。可是從「現代」上我想出了一個「當代」，有的，就取名《當代文學》。「當代」比「現代」還新一些，只能說近代、現代、當代，而不能顛倒過來。這就意味著我們刊物刊登的作品是最新的作品，最新的作品就是大眾的作品並且為大眾所需要的作品。這真有點近乎吹牛，但我希望這個牛經過努力不至於吹砸。

《當代文學》還有第二個要求，那就是在「文以載道」之外，還要「文須及時」，文學作品雖然不是新聞報導，但也須要扣緊時代脈搏，盡快地反映現實：對《塘沽協定》就要揭露國民黨反動派的屈辱投降，對察綏抗日同盟軍就要表揚人民的英勇抗日，對江西的反「圍剿」就要歌頌無產階級的偉大勝利，對南京藏本的尋獲就要指明日本帝國主義的無恥陰謀。儘管偉大作品當寫成於事後若干年，但反映及時，縱不偉大，也能收到意想不到的現實效果。企圖提倡，聊備一格。

創刊號上除刊登董秋芳的一篇翻譯論文和徐盈的一篇小說外，全數採用宋之的寄來的稿子，其中主要有聶紺弩的一篇小說，我把他編列在創作之首。可惜時間相隔很久，手頭沒有一本舊刊，各篇內容完全記不起來了。

在刊物上，特闢「通訊」專欄，專門介紹各地文學界消息。各地文學界主要指青年文學工作者，他們未登文壇，姓名不響，卻要寫作，無礙敲門，只好自籌印費，勉強出刊。刊物出來，又少廣告，無人過問，變成廢紙。我是此中人，當然深有同感，甚願讓出盈尺之地，使他們得以脫穎而出。這事後來收到很好的效果，各地文學青年，有點把《當代文學》看成是他們自己的刊物。我計劃還要選登他們一些作品，以廣流傳。可是，這卻也叫個別人鑽了空子。濟南「華蒂社」的張春橋，把一年前已經出刊又停刊的《華蒂（WHAT）》也寄了幾本來，還寫通訊，表明他張春橋是當初「華蒂社」的「中堅」。我承認我事後有先見之明，若在事前，我是傻蛋，我沒看出「華蒂社」是個國民黨特務組織，《華蒂》是個國民黨特務刊物，他張春橋是個國民黨小特務！

反面材料令人作嘔，還是說正面的吧。我要特別提到的是《海風》詩刊的邵冠祥和曹棣華。這已經是以後的事了。1937 年 7 月，邵冠祥在天津水產學校畢業，正要離校回家，當天就被國民黨便衣抓去。同一天，曹棣華也被捕，不消說這是日本人指使，很快就押解到日本憲兵隊，折磨了幾年，這兩個不甚為人知的詩人竟因為寫詩而送了命，慘被敵人殺害。誰還保存有他們的詩作呢？好像王亞平同志注意過他們，看能不能為他們作一點介紹。

《當代文學》創刊號的稿子編好後，我告訴天津書局的老闆——我在這裡實在應該提出他的名字，可惜忘了，連姓也一時想不起來。我說我要去一趟上海拉稿子。當時的風氣，拉稿子要請客。我要請客，要他出錢。我們之間並沒訂立什麼書面協定，只有「君子協定」，口頭一說。他如果出錢請客，也就表明他事實上已經承諾，不會翻悔，而我也可以去上海向宋之的他們交代，定要源源供稿，不要叫我騎虎難下，進退兩難。老闆倒同意請這次客，卻只拿出十塊錢。十塊錢顯然不夠，雖說明多退少補，可那也不過是一句外交詞令罷了。

稿子付排後。我真的借出差機會去了一次上海。到上海後才知道宋之的已經被捕，跟我聯繫的是聶紺弩和葉紫，以後就以葉紫為主。他們向我保證，說這是一場戰鬥，稿子一定繼續供應，要我堅持下去。天津是當時日本侵略勢力暗中控制的地方，國民黨撤退，統治力量一時達不到，這正是一個難得的時機。我說明可惜書局太小，資本薄，對稿費不能期望過高，每月雜誌一出版，就要緊催，以免拖拉。我以請客的十元為例，說明老闆手欠大方。

在上海會見的約有歐陽山、草明、楊騷等十來個人，其餘記不得了。他們大概都有過稿子。寫過稿的還好像有墨沙（陳白塵，寫的劇本）、黑丁（寫的散文）、蒲風（寫的詩）。我還向在北京的艾蕪拉過小說稿子。

《當代文學》是一個大型刊物，創刊號的封面是我設計的，以後一直採用這個設計，只每期變換一下顏色。刊名的仿宋字是託一個青年寫的。寫的大小不勻，很難看。第二期起，由書局另請人寫，相當美觀。刊物出版後，受到人們重視，上海《文學》雜誌和各地報刊都作了介紹，銷路一般不錯。這使書局嘗到了甜頭，大感興趣，在稿子上和編輯上沒有提出什麼不同的意見，以後二、三、四期到時都能發稿付印。只是在稿費上一直剋扣拖拉得厲害。作家寫信向書局要，書局半理不理；寫信問我，我只能將信轉給書局，也請他們向書局要，書局仍是半理不理。在這個問題上，有的作家不免遷怒於我，使我得罪了一些人。

刊物的編者出名的是「當代文學社」，實際上就我一個人，匹馬孤軍、單絲獨木，忙得暈頭轉向。我有工作，看稿在晚上，常常熬到深夜。到北平只有利用星期天，一去就是四出〔註2〕奔走，到處找人。聞國新當時是很支持我的，還給介紹了一些稿子。郁達夫北來，過津時住在我家，我跟著他到北平，甚至給他出了題目，要他就寫應時文章，寫北平的秋天。我在上海時，聽說魯迅先生不多見人，後來給他寫了信，請他給《當代文學》寫稿。

刊物引起一點注意，特別是在文學青年中間，我儘量選登他們的作品，於是文稿、通訊都來了，一致表示關切，希望出長。我熱情回信，爭取支持。我和他們有共同的思想感情，我忘記不了我受到過的如他們所受的待遇，我不能將這種待遇又推給他們。只有對一個一字不差的抄襲者，被我發覺後，也只是提醒他看看他所抄襲的文章，不要佔有別人的勞作。

刊物越辦越困難，開頭是人辦刊物，後來成了刊物辦人。刊物要稿子，然而約稿困難，選稿困難；稿子不登有意見，登遲了有意見；稿子登出，對稿費的多少有意見，對剋扣拖拉有意見。說老實話，我自己水平低，經驗少，知識缺乏，眼高手低，對稿子加工不夠，甚至印刷上錯撿誤排之處，我都應負責任。你說怎麼辦？這還只說刊物本身。更有外來的壓力：書局訴苦，賣出去收不回來錢，有去無回，難以為繼。到第五期，進行就不似先前的順當，猜不透他是不是心裏有點兒動搖、害怕。刊物帶有戰鬥性，封面變成了可怕的鮮紅色。內容雖然有一些老頭兒打掩護，火藥氣還是直刺鼻孔，刀光劍影，吶喊搖旗，會有麻煩，要擔風險。天津衛雖然沒設書刊檢查機關，藍衣社的耳目到處都有，書刊檢查不能，郵電檢查則可；於是到第六期，書局告訴我，郵局不接受投遞了，我要他進行交涉，不知道他去交涉沒有，甚至不知道拒絕投遞的消息的真假，末了是我志未酬人亦苦，只出六期的《當代文學》就此夭折。

在今天，看一本《當代文學》算得什麼！今天有黨的領導，有群眾的支持，出版的文學刊物，比它大得多，高出萬倍。可是這說的是解放後，在解放前就大不然：既無領導，又無依傍，赤手空拳，以身膏刃，《海風》的年紀青青的邵冠祥和曹棣華就是好例。文學青年渴望呼吸一點新鮮空氣，發出一點微弱呼聲，就說那文壇內部吧，迎來的不是打擊，就是排擠；不是冷嘲，就是熱諷；新生幼芽，橫遭踐踏，以至於死亡！

〔註2〕應為「處」。

　　《當代文學》停刊，人們不禁惋惜，可不久也就淡忘。只在 1936 年出版的埃德加‧斯諾編譯的《活的中國》一書中載有「下列雜誌刊有論現代中國文學的極有價值的資料」，其中列有《當代文學》，注明是月刊，出版處是上海，出版年代是 1934 年，現已查禁。一切屬實，只把「天津」誤成了「上海」。

關於《避暑錄話》[註1]

讀到你刊一九八〇年第3期上臧克家同志寫的《悲憤滿懷苦吟詩》文中提到《避暑錄話》（65頁），我記得是這樣的：

1935年暑假期間，《青島民報》的杜宇、劉西蒙兩位編輯，約了當時在青島的人辦一個小刊物。應邀的人中有老舍、洪深、王統照、趙少侯諸老和臧克家、吳伯簫、王亞平以及我這樣的青年人。另外是不是也有孟超參加，就記不清楚了。

刊物的名字是洪深引用的《避暑錄話》，類似發刊詞的文章便是由他寫的。刊物附在《青島民報》刊行，每週一期，出版的日期好像是每個星期日。

人多篇幅小，規定每人隔一期交稿一篇，每篇以一千多字為度。稿不給酬，只每期用道林紙多印（折頁式）若干份，送給每人一份。剩下的也作零售。當時正在夏天，又值鐵展開會，旅遊興盛，據說銷路還不錯。杜劉二位似乎另有任務，只作編輯，沒有參加寫作。

期刊上的文章，全是詩和散文，作風趨向於閒適，和刊名恰好一致。每週輪流作東，聚餐一次，興味也正相符。

暑期一過，作者們紛紛散去，刊物遂按原訂計劃出滿十期，無疾而終。

王余杞

〔註1〕原載《新文學史料》1981年第1期，第284頁。後收入王余杞著，王平明、王若曼整理《王余杞文集》（下），花山文藝出版社2016年版，第538頁。現據初刊本錄入。

洪流迴旋——記抗戰時期在自貢的鬥爭[註1]

　　1937 年「七‧七」事變，日本帝國主義對全中國發動進一步的武裝侵略，在中國共產黨的號召下，怒潮烽火，彌漫全國，掀起了對抗日寇侵略的全面抗戰。我懷著滿腔熱情，同仇敵愾，奔赴前線，參加戰鬥。從天津到南京，隨同上海救亡演劇隊第一隊，經湖北河南到陝西，結合群眾，進行宣傳鼓動工作，最後到達山西。在西安和鄭州，遭到當地國民黨的掣手、攻訐，逼使我們做了針鋒相對的鬥爭。一直到了臨汾的八路軍總部，我們才算找到了自己的家，享受到家庭般的溫暖。由於形勢發展，1938 年，我和劉白羽又去到了武漢，坐下來撰寫《八路軍七將領》，寫出對朱德、彭德懷、賀龍、肖克、任弼時、彭雪楓等同志和林彪的訪問記。書稿交後，白羽去延安，我去重慶。我去重慶的目的，是回自貢市看看先我到家臥病的愛人，然後再次北上，奔赴解放區。

　　我於七月初回到自貢市。在自貢市首先會見了於去疾。他已看到剛才出版的《八路軍七將領》，便悄悄告訴我，他也要把他的兒子送到解放區去。我萬分贊成，並表示我不久也要前去。

　　「你不能去！」他截住我：「你來得正巧！」

　　所謂「巧」，他指的是川康鹽務管理局辦了一份《新運日報》，報紙實際上歸他負責。他忙不過來。有點招架不住，要我來接著幹。

〔註1〕寫於 1981 年 11 月，1983 年刊登於《自貢市現代革命史研究資料》總第 20 期，後收入王余杞著，王平明、王若曼整理《王余杞文集》（下），花山文藝出版社 2016 年版，第 553～559 頁。現據文集版錄入。

我說我不是鹽務方面的人，不願意插這一手。他卻生打鴨子上架，叫起來：「你開黃腔，非幹不可！打仗要有戰場，戰場是讓不得的。告訴你，快當得很，就要有一個大新聞，要你來喊一嗓子，打破這個局面」。

事情一提出，不由我考慮，於去疾早就做好了安排。他的安排是，我作《新運日報》的「主筆」。他說明白，為什麼叫「主筆」呢？鹽務局辦的這份機關報取名「新運」，無非是討好蔣介石叫喚的「新生活運動」。實際上呢，鹽務官僚專要把它作為官方的喉舌，公布鹽場的「大政方針」，製造輿論，藉以抵制地方政府和井灶鹽商，並對付鹽業工人。因此這份報紙要符合鹽務局的利益，黃河為界，要不得罪於這個巨室。但除此以外，百無禁忌，倒可以給打開局面鋪平一條道路。報社有個社長，名叫方有章，是鹽務局一個督察兼任；還有一個編輯，忘記了是不是名叫劉定貴；還有一個外勤。外勤跑鹽務局，照抄公報。社長什麼都不管，只看鹽務局的公報登沒登。編輯除發排公報外，就剪剪重慶、成都的報紙。於去疾說：「這些你都不要管，你是主筆，主筆就是耍筆桿，只要你不給鹽務局捅漏子，招來禍事，你要上天入地都行。巴望你打破這裡的亂七八糟、烏煙瘴氣，吹進來一股抗戰的新風！」

我說：「那麼你呢？你就撒手不管！」

「我又不去當『畫眉毛』哪能撒手！」「畫眉毛」好像是當時本地的一個老妓女，我只聽說過這個名字。於去疾表示，他還要繼續寫他的《瘋話》。《瘋話》是一種憤世嫉俗，嬉笑怒罵的文章，文如其人，這樣的文章乍一看是很能引人發笑的，一笑之後，別無所得，也許這也是他的不得不走馬換將的一因。當時他實在真忙，不久又調走了。1940 年後我們在成都還見過面，日本投降後在重慶也會見了他。那時他已經是民盟盟員，獨自辦了一個週刊，八開大小，一張四版，還是盡說他的「瘋話」。解放後他在青島，來過北京，我們又見了面。他四處尋找他去了解放區的兒子，始終杳無音信，十有八九已經不在人世。1957 年春天，於去疾在青島病逝。這些都是後話。我所以要提到，是說明他這人在當時還是進步的，因此我才接受了他的委託。

自貢市是我的故鄉，對於我的故鄉社會，是熟悉的，卻也是陌生的。我生於斯，長於斯，到了十六歲小學畢業，才離開外出。我的家族，曾是鹽業經營者兼地主，是社會中的上層。早年時期，受「川鹽濟楚」的實惠，自貢鹽商，一手包辦產運銷，既剝削了產鹽的工人，又剝削了吃鹽的老百姓，雙重剝削，富甲全省，因而有「金犍為，銀富順」的誇耀。到太平天國失敗，淮鹽恢復舊

案,川鹽的銷場一落千丈。乘機而起的還有江津幫和渝幫,他們是商業資本家,買得運鹽的大權。他們不擔心鹽業生產的興衰,反而壟斷運輸,掐著鹽井的咽喉,坐收漁人之利。井主灶戶屬於工業生產,鑿一眼井,燒一口灶,要花本錢,要擔風險,一眼井灶的成敗關係到一家的興家或敗家。家業興旺時驕奢淫逸,酒地花天;家業衰敗時坐吃山空,落得只有一件掩體的「長衫」。出現這般光景,我家正是其中之一,我從故壘中來,恰好反戈一擊,所以說我是熟悉的。

　　但我又是陌生的。離家十幾二十年,山川依舊,人事已非,看起來鹽業並沒有多大變化,生產運輸尖銳矛盾,井灶產鹽運不出去,資金積壓,周轉不靈。外地缺鹽,鹽價猛漲,望眼欲穿,至於淡食。井主灶戶為了擺脫困境,即得另打主意;他們來了個抽籤辦法,在鹽井集中的地段,合起來抽籤。抽得紅籤的推水,抽得黑籤的停推,停推的井叫養井,仍然得到養井費。只是養井的工人卻得不到工資,致使工人又遭受到一種意外的剝削。好像忽然時來運轉,抗戰軍興,國土上遍地烽火,這烽火卻燒來了自貢市的五路財神。沿海鹽場一一淪陷,到頭來不得不靠川鹽救急。重慶國民黨政府高唱川鹽增產,這麼一來,產運之間的矛盾應該有所緩和,那具體情況是怎麼一回事呢?在生產方面,鹽商各扯「勢力」,上廠和下廠之間乃至這個家族和那幾家族之間,面和心不和,爾詐我虞,那又是怎麼一回事呢?還有呢,隨著國民黨政府的後撤,沿江沿海的大企業相率內遷,資本尋求出路,無孔不入,對於鹽業生產,勢難放過,因而代表官僚資本政府的鹽務管理局和據地稱雄的井灶鹽商,以及同他們一個鼻孔出息的地方行政機關之間形成了對立;又鬥爭,又勾結。儘管他們同是壓迫工人、剝削人民,然而利之所在,各有奔頭,勾心鬥角,互不相下,那又是怎麼一回事呢?──我是莫測高深,自然又要感到陌生了。

　　八月間,我接手《新運日報》,在於去疾的鼓勵下,我就用《我的故鄉》為總題目,逐日發表一段隨筆,每段約一千字,企圖擺開陣勢,進行戰鬥,表面上卻以懷舊念新、睹物思人作掩護。文章具有新聞性,對報紙評論的文字,也把它寫到隨筆中。有些儘管記述的是身邊瑣事,卻也反映出我們現在還在進行著的神聖的抗戰,誰是抗戰的主力,抗戰有什麼必要,這是文章的主體。當然言多必失,文章天天寫,或者立意有偏差,或者行文有刺激,往往引起糾紛,轉而失掉團結的意願。

　　文章發表出來,隨即引起了讀者的興趣。內容寫的本地風光,讀來有時感到親切。於去疾自是讚不絕口,言外也是表示他的舉薦得人。至於鹽務局的當

官的，那是不予注意的。報紙上的文章，除非關係到切身利益，他們不會看在眼裏。有一位倒還同我敷衍，客客氣氣地對我說：「足下撰寫《余之故鄉》，妙！妙！」竟把「我的」說成「余之」，可見他對於語體和文言具有鮮明好惡，他哪會細看，所謂「妙！妙！」只是白說。鹽務局看見報紙漸有起色，而文章又沒有傷著他，他們也就悶不吭聲。

在社會上卻是引起了注意的。不久，鹽業的「大公」們就辦起了一份《自貢民報》，它顯然跟《新運日報》唱對臺。《自貢民報》雖然把我也「聘」為「特約撰稿」，很難說是出於本心，先禮後兵，莫得話說。大概「大公」們把鹽務局看作是「腳底下」來的人，把我這個本地出生而吃著鹽務局的官方報紙的飯的人也看作是「腳底下」來的人，因而要動起手來。我這時已經不很年輕，進入了中年，但由於小知識分子劣根性作怪，仍然不免心粗氣浮，結果當然招來是非，給工作上帶來重大阻礙。

隨著來的是局面的新變化：久大鹽業公司和蜀光中學，相率前來開闢新場地——這也就是於去疾前時所說的「大新聞」。久大是國內外知名的鹽業公司，范旭東、李燭塵都是聞名中外的實業家，侯德榜制城技術，連敵人的日本也為之垂涎。南開中學是國內外知名的優等學校，張伯苓是聞名中外的教育權威，他以創辦南開起家，從私塾到中學到大學，樹立起一個獨特的系統。我有幾年居留在天津，對這些事業，這些人物，早已聞名，如今他們竟要前來發展現代化的鹽業，創辦南開型的蜀光中學，真是引領期望，舉手歡迎。我一開始就不認為他們是來搶地盤，搞壟斷，而是把他們看成是搞新法的旗手，開風氣的先鋒。偌大個自貢市，沉睡不醒，鹽業生產，學校教育，千百年來，一成不變，難道不應該趁此時機，改弦易轍，棄舊圖新，共謀發展，而徒然頑固保守，故步自封、裹足不前，自甘落後麼？當然，我的表示歡迎，絕不同於鹽務局頭子繆秋傑的。繆秋傑拉他們來是迎上以合國民黨當局的顏色，外以抵制自貢鹽商的要求，最後又給自己打開陞官發財的捷徑——這條捷徑果真得以打開，後來繆秋傑就被提升為鹽務總局長。但不幸好事蹉跎。解放後他竟以洩密被捕入獄，死於獄中。

我實在是痛心疾首於自貢市的落後腐敗局面：鹽場辦井，在早年，人比牛賤的時候用人推水，在牛比人賤的時候用牛推水，近二三十年才逐漸改用機器推水，哪裏聽說過鹵水可以從井底自行噴出？燒灶，向來都使用厚底鹽鍋，費時耗火，燒鹽工人，一天二十四小時，冬天嚴寒，夏天酷暑，熬凍受熱，哪裏

聽說過平鍋熬鹽。巧技噴鹵？辦教育，各有各派，互相爭奪地盤，爭奪教育經費，哪裏聽說過整頓校規提高教學，完善設備？不能安於現狀，說我們不行，讓我們不行；你們好，讓你們好去；千好萬好，你們莫來，地方是我們的，你們莫亂嚷！

我認識到澎湃的潮流，抗拒是抗拒不了的。人往高處走，如今高處下降，我們該有自知之明，擇善而從，哪能一味排斥拒絕？我寫的隨筆，這時將重點轉到這方面。我把久大的意圖，蜀光（張伯苓）的方針，儘量介紹出來。特別是對於久大，由於經營的方式方法，具體而新鮮，介紹也較為詳盡。一個題目，一天登不完，就連續幾天；幾天登不完，就把第四版上副刊的地位也給佔了去。當然對於它們工作上的漏洞和缺點，經過群眾的反映，也給指出，決不放過。總的來說，對他們我是完全歡迎的。張伯苓先生，我後來在天津還同他見過面。久大實際負責者鍾履堅，解放後跟隨李燭塵進了水利部，他後來卻信了佛，念他的「阿彌陀佛」去了。

鹽務局對我的態度表示容許，雖然是我們各有各的想法。但在他們看來，我的想法總是符合他們的利益的。只是自從於去疾去後，我們之間一直沒有交往。另一方面，地方上的國民黨部、市政機關、井灶鹽商，卻把我看成了對頭冤家：說我是「女生外向」，「吃裏扒外」。市黨部對我不斷施加壓力，我當然深有感覺。我不作什麼無謂之爭，只以團結為重。1939 年，我聽說有一個眭光祿來到市黨部工作。我和他在南京的時候熟識，特別去看他，藉此表白表白，誰知一見之後他卻冷淡的很。我才覺察他們對我的意見極深，連眭光祿也包括在其中。

在本地人中把我當成外地人，對我見外，說明我的工作沒有做好，沒做到落地生根，開花結果。我必須改變做法，從上層轉到基層；徵求得報社的同意，用報社的名義，組成了一個《自貢市叢書》編輯委員會，分別邀約鹽務局職員，銀行界職員，學校教員和當地知識分子，一共三十來人參加，記得其中有方有章、陳奉先、張文山、劉錠（定）貴、馬君牧、聞化魚、李吉淵、戴夢梅、王晴山、李石鋒、楊炳昌、熊楚、劉廷鈺等人，連《自貢民報》劉少光也被約參加，表示絕無門戶之見。其中以楊炳昌、聞化魚幾位最積極，組織、編寫，他們都最盡力。叢書計劃分出單行本，字數不限。約定每星期在好園開會一次，一面檢查進度，一面布置工作。第一次商定了書目，其中約略包括歷史地理，沿革變遷，井灶興衰，風土人物，風俗習慣，文化教育，特產專長等等，以下

再分細目。第二次開會決定了撰稿人選，以自己報名，委員會最後決定。所有書目和作者，都經在《新運日報》上公布，不久，就有熊楚和李吉淵等幾位將稿交來。這時候，國民黨的所謂「共黨問題處置辦法」已經決定，特務組織的「新聞檢查所」已經成立，軍統特務張怒潮當上了所長，揚言《自貢市叢書》的稿子不予通過。他連我每天寫出的隨筆也橫加刪削，甚至蓋上「免登」的戳子。幸虧我有時一寫幾篇，同時送去，實際上只用一篇，預作儲備，遇上「免登」，就以儲備補上，以示抵制。可是接近基層的願望，只起了一個頭，終於遭受挫折。

1939 年 4 月，李石峰和聞化魚來找我，說將離開，要我繼續擔任自貢市歌詠話劇團團長職務，並暗示這是一個黨直接領導的群眾組織。因此我不能不接受。我在受壓迫中，反抗的意志加大，更覺有機會接近廣大群眾，自此接近基層邁進了一步。楊炯昌又是其中的活動分子，因此選他當了副團長。但當團體正在積極進行工作的時候，國民黨市黨部的壓力卻逐漸加重，市黨部書記長高定淵直說歌劇團分子複雜，不合抗戰國策要求，我們置之不理，仍然繼續籌備演出。

七月底，有鹽工被抓壯丁，八月初激起了全場大罷工，示威遊行，《新運日報》社設在正街興華書店樓上，我目擊了浩浩蕩蕩的示威隊伍，深深感覺到民氣大有可為，文藝進廠（場）正有必要。現下就是好時機：鹽工被打死，鹽務官方同地方勢力發生狗咬狗。地方壓迫鹽工，鹽務支持鹽工壓地方（實際上是剝削鹽工），激起了幾千人的大罷工，提出條件，迫使地方接受，獲得全勝。可是地方和鹽商，加上鹽務局的督查（他們所督查的就是鹽工），並不罷休，倒轉而查禁抗日團體，解散群眾組織，主要的對象，矛頭就指向抗敵歌詠話劇團。但我們並不屈服，借用郊遊的形式，進行集會，準備排練戲劇、歌曲節目。在新年時節來一次盛大公演。

我的處境自然是日益處於艱險之中。我寫的稿子，不僅「免登」，有時還被扣留；報社隨時有人來偵查，方有章也忽然走動得勤。我不能在報社長住，經常避居鄉下。只是《我的故鄉》還照樣繼續寫作，繼續刊登；對歌詠話劇團的活動，一概沒有停止。我們堅持文藝進廠——保障鹽工福利；文藝下鄉——宣傳二五減租；文藝入伍——高唱「槍口對外」。這時已成為我們鬥爭的主要目標。

1940 年燈節後，風雲突變，風聲緊急，有一個同大祠堂（珍珠寺）的叔輩來告訴我，叫我小心，千萬不要上街，藏起來，趕緊走路。並急切囑咐：「他們幾爺子是不認黃的！李任堅挎著盒子炮耀武揚威，哪個曉得那三青團要幹啥？好漢不吃眼前虧嘛，老賢臺，把細點！」我知道他有來頭，相信了他。三月十號，像我離開天津南下一樣，人不知鬼不覺地搭上去內江的汽車。從內江到了成都，住在四川省公路局。沒過兩天，我的一個兄弟找來，暗中告訴我，有便衣包圍家裏的附近，要抓我。他叫我快走。走，我當然走。可還是沒有一點警惕性，居然還送我的兄弟到牛市口，讓他搭汽車回自貢市。

他已經買好了票，上了車，我正要轉身進城。一個憲兵攔著我，叫我進他們的班長室。我進去，憲兵班長和我談話，一邊玩弄著手槍，拆開又裝上，裝上又拆開。我告訴他我是來找工作的。因為我學的是運輸，就舉出了幾個公路局負責人的名字，這些人的名字汽車站的人都是知道的，他這個班長想來也是知道的。

在汽車站一直呆了一整天，憲兵班長放我走，我出來的時候，街上已經亮了燈，天已經擦黑了。我進的城來，那時公路局疏散到了犀浦，我只能城裏過夜，在東大街一家巷子住了旅館。旅館裏要我先交房錢。簡直像是安排好了似的，我房錢一交，就有四五個成群的黑衣人一擁進門，舉著手槍指著我，叫我跟他們走：「識相點！」我被押著到了警察局。押到一間單人住的屋子。這時我才掏錢買點吃的，餓了一天，而這時候夜又很深了。

我一夜睡不著，檢查起來，只怨自己撲在工作上，卻不夠策略，不夠警惕；現在弄的工作垮了臺，而自己又被拘捕，如何是好！

第二天一早，一句沒問，又由十來個警察，把我押在中間，從警察局押解到偽「軍事委員長成都行轅」禁閉室。當夜就提審，一審審了大半夜，我的兩腿都站麻木了。審訊中問到我寫的文章（主要指《我的故鄉》），卻沒有提出《新運日報》；又問到我寫的《八路軍七將領》，因為它這時候已經被禁了。他說我是共產黨，硬要說我是市委書記，秘密活動，用網球做暗號，但他並不提抗敵歌詠話劇團，也沒有涉及久大或蜀光。問得是翻來覆去，軟硬兼施；我都有問必答，一個釘子一個眼，叫他摸不著頭。問來問去，連問的人都有點膩味了，弄得個不知所云，末了以「再想想吧」做了結束。

同禁閉室的人告訴我：「問得越長，案情越重。」可那有什麼法子呢？這也是一種鬥爭啊。

禁閉室裏關的人都叫做軍事犯，大半是在空襲警報中抓來的，卻都沒有什麼證據，關一陣，就放了。有一個放出去的時候，我託他帶出一封信，這封信居然交到。大家才知道我的消息。我的愛人得信趕到成都，在內江買不到車票，還是由於我七歲的小女兒會唱歌，等車的旅客都喜歡逗她玩。其中一個知道了我愛人等車急迫，主動地把買得的車票讓給了她。她到成都，已由一個久大的職員跟「行轅」一個軍法官聯繫上了關係。久大這人，說我幫助他們很大，他有一個朋友，在「行轅」做軍法官，通過他，才准我的愛人送來被褥，我的小女兒天天送來三頓飯。

我的愛人寫信給在重慶做馮玉祥將軍的秘書的王冶秋，由他轉請馮將軍寫了一封保信給「行轅」主任賀國光。馮的信生了效，叫他們黑辦不了。案子就拖了下來。先前還把我單獨關在一間房裏，這時又搬回了禁閉室。外面再由國民黨四川省黨部監察委員曹叔實活動，以雙重鋪保保了出來。雙重鋪保負的責任是：一、隨傳隨到；二、不准離開成都。

我在監獄裏蹲的時間是：四月、五月、六月、到七月中旬出來，恰恰是一百零二天，因作詩曰：

> 鮮血能將頂染紅，剝膚敲髓計何工？
> 鷺鷥態作藏秋水，虎豹皮矇仰大風。
> 犧我渾忘原未肯，死生不易總應同。
> 百零二日成虛話，且向人前一鞠躬。

後來很久很久，才得知抗敵歌詠話劇團付團長楊炯昌，也曾被捕，不過關於他的情況一無所知。

在那偉大的時代裏；從全國看，抗戰是洪流，反共是迴旋；從小地方看，新的力量是洪流，腐朽的抗拒、排擠、打擊、陷害是迴旋。迴旋終之要被洪流卷走。事實豈不正是如此！

1981 年 11 月，於武漢華中工學院

《游擊隊歌》和《八路軍七將領》[註1]

1937 年「七七」，日本帝國主義武裝侵略全中國，先占平、津，「八・一三」又侵犯上海。全國人民在中國共產黨領導下，奮起抗日，國民黨被迫應戰，一時間也燃起了抗日的烽火。

我當時住在天津，在敵人的鐵蹄下，乘輪脫險出走。因為上海已不能去，轉道青島，先到南京，胸懷滿腔忿怒，立意奔赴前方，我要抗日！我要救亡！

上海的戲劇、文藝界，受到黨的指引，組織起「上海救亡演劇隊」，分赴內地，宣傳抗日。演劇隊跟著組成了十三個隊，其中的第一隊最先出發，路過南京，我要求參加，隨隊西上。報國有心，堅持抗戰，眼望北斗星，決不考慮任何犧牲。

九月初，上海救亡演劇隊第一隊來到武漢。據《長江日報》的追記，第一隊於九月十一日在漢口蘭陵路大光明戲院上演抗日話劇。在這期間，劉白羽同志也參加了演劇隊。

演劇隊在西北巡迴工作了一個時期，由於國民黨反動派的排擠、掣肘，我們在工作上遭受重重困難，後經八路軍駐西安辦事處林老的介紹，演劇隊去到八路軍當時的總部——山西臨汾城外的劉村。

在八路軍總部，我見到外事處長彭雪楓同志。他迎頭第一句話就問我：「你們帶有伙食單位嗎？」我不知道什麼叫「伙食單位」，有點發窘，只得回答：

〔註 1〕寫於 1982 年 5 月 1 日，1982 年 10 月發表於成都文協主辦的《抗戰文藝研究》第三輯，總第四輯。後收入王余杞著，王平明、王若曼整理《王余杞文集》（下），花山文藝出版社 2016 年版，第 539～545 頁。現據初刊本錄入。

「我們是西安辦事處介紹來的。」他看出情況，就主動地緩和了這個僵局，笑著說：「我會替你們安排嘛，嘿，我還讀過你的小說哩。」

這樣，我們就被分配住到村裏的老鄉家裏，住在兩家院子的兩間房內。丁玲和李伯釗手挽手來探望我們，顯得格外親切，使我們感到有如回到自己家裏似的。

我以後經常同彭雪楓聯繫，慢慢熟悉，才瞭解到所謂「伙食單位」這個名堂。那是由於八路軍中，職位不分高低，從總司令到炊事員，每月每人只有津貼一元。吃飯穿衣全由部隊供給，所以吃飯有固定的單位，叫做伙食單位。如果你不在固定的單位吃飯，就必須由單位開具證明，由你帶到所去的地方，那裡才會讓你吃飯。因此，「伙食單位」的確是一個緊要的問題。噢！原來如此。我們才懂得這裡一切全按制度辦事，沒有國民黨區那個「自由」。說真的，吃飯不容易，飯卻真好吃：大筐的小米飯，四川炊事員炒的紅白蘿蔔加點青蒜苗，味道硬是要得。

演劇隊安頓下來，我們開始排練和演出。演出分兩個部分：一部分是歌詠，除了歌唱當時流行的救亡歌曲外，還自編了一首類似《全民抗戰》的新歌。記得是由塞克譜的曲，歌詞一開頭就是：「敵人從那裡來，把他打回那裡去；敵人從那裡進攻，將他消滅在那裡！」他指揮著唱，聲調昂揚激越。他用手比劃著砍剁的姿勢，堅定地一下一下砍剁下去。

另一部分是話劇。頭年演劇隊編劇組集體寫了一出多幕話劇《八百壯士》。當八百壯士堅守在四行倉庫高樓上的時候，由邸力茜（後改名邸力）扮演女童子軍前去慰勞，經歐陽山尊設計裝置的國旗會自動冉冉地從高樓頂上升起。這個場面，大大激動觀眾的情緒，贏得一片掌聲。當然，那時候的演出，總的來說，表演和說白是粗糙的，服裝和道具是簡陋的。──我的一件斗篷式雨衣，就被當作了「林森」的服裝。

在八路軍裏搞宣傳，那簡直是「班門弄斧」。我們其實是來學習的。我們這樣要求著，通過各種形式表達出這個願望。一天上午，我們正在院中太陽地裏圍坐著開會，驀地從院子外面走來一個軍人，頭戴灰布棉軍帽，身穿灰布棉軍衣，普普通通，我可不由得驚叫一聲：「總司令！」

大家齊聲叫起來，熱烈，崇敬，幾乎有點手足無所措。你瞧瞧，總司令事前沒有打個招呼，身後又沒有帶著警衛員，竟自獨個兒邁了進了，兩手揣在袖筒裏，活像一個鄉下農民。誰想得到呢？誰想得到在這新天地裏出現的新景象呢？

　　總司令伸手招呼大家坐下。一個隊員讓出他自己坐著的凳子給總司令，轉坐到臺階地上，大家也就向總司令圍坐攏來。

　　我說了幾句表示敬意的歡迎詞——心情激動，話都說不圓，就請總司令給我們講話。

　　朱總司令從棉衣兜裏拿出個小本子，翻動著，可是眼睛並不怎樣注視它，依然袖著手，娓娓地像是跟我們擺龍門陣。

　　總司令對我們講了抗日戰爭的形勢和抗日的必要性，講了淞滬的抗戰和平型關的勝利，分析了敵人的兵力和我軍的戰略，結論是：抗戰必勝，不抗戰必亡。他講得全面，也講得細緻；隨時向我們提出問題，又主動地為我們作出解答。

　　我們個個傾耳靜聽，認真做著筆記，生怕漏掉一個字。總司令的話落進我們心中，正合著我們心裏要說的話，或者我們心裏還沒想到的，他的話就像一把鑰匙打開了我們心上的鎖，使心扉洞開，得到啟發。這就叫我們特別珍惜時間，就只怕那淡淡的日影忽然西移。

　　總司令一直很忙，我們輕容易見不著他，想像得出他是忙於指揮八路軍，領導人民群眾，團結國民黨左派，對日作戰，應用馬列主義於中國革命的實際，共同豐富著毛澤東思想。他一身繫天下的安危，掌握著國家民族生死存亡的命運。我們雖然看不見他，心裏卻非常想念他。我巴望能看見他，一看見他我們心裏就充滿了希望。

　　我們能夠看見他，那是黃昏時分在村子裏的籃球場是。由於朱總司令的提倡，八路軍所到之處，籃球場總是被列為一項優先的基本建設。沒有球架，就把當地老財門上的大匾卸下來，一鋸兩開，面對面地架設起來。匾上原來的字照例是山西土皇帝閻老西落的款。真是一個當面的諷刺，那身任「第三戰區司令長官」的老傢伙，也正同時住在這個臨汾縣裏啊！

　　兩個天地！在這新天地裏，總司令卻在百忙中仍然沒有忘記打籃球。打起球來，一起興，索性脫掉上身穿的灰布棉軍裝，光穿一件毛線衣——在當時的八路軍中上上下下僅有的一件毛線衣。

　　有一回，我們發現一同打球的還有賀龍和肖克二位將軍。他們是剛從前線回來的。那賀龍，憑他胖圓〔註2〕臉上一抹黑鬍子，誰不會就認出來？這位天下聞名的中國夏伯陽，他具有蘇聯夏伯陽的膽量，而機警明智，卻遠遠

─────────────────────

〔註2〕應為「圓」。

不是那個所能及。你看他在球場上，他就很能三下兩下地把球傳到對方球架下。

一個夜晚，我們毫無準備，賀龍將軍一陣風似地飄然而至，口稱「我來看望你們！」這個當年能止小兒夜哭的大英雄大豪傑竟是這麼和氣，不斷抽著煙，指手劃腳，風趣幽默，時時逗得人們仰面大笑。

大家一見如故，就纏著他講「兩把菜刀」的故事。他立即糾正，說不是「兩把菜刀」，是一把菜刀。他盤腿坐到炕頭上，人們把他圍了個裏外三層，只見煙霧騰騰，人頭攢動，卻是鴉雀無聲地靜聽著他爽朗的繪影繪聲的講述。

炕桌上點著一支蠟燭，跳躍著晃動的光影，透過煙塵，照現出他英雄的青年時代，一派雄姿英發，要革命，要打不平，揮舞一把菜刀，猛衝出去，繳了兩個狗腿子的槍。得了槍，就號召起義，打起孫中山的旗號，蓋上一顆自刻的斗大鮮紅的大印，活躍在湘鄂川三省地帶！

講話的人口若懸河，滔滔不絕，噴吐著濃煙，滿屋青煙繚繞。聽的人聽得入神，忘其所以，連茶缸裏的開水涼了也不給客人換過。心潮澎湃翻騰，嚮往於出生入死的革命壯舉和艱苦卓絕的革命故事。特別是這位英雄人物活生生地就在我們面前，他是我們的好榜樣，我們十分熱愛著他。

聽了賀老總的自述，我興奮得當夜連覺也睡不著。想到這次來的收穫之大，真是勝讀十年書。這裡的人是平凡的人，卻又是非凡的人。他們的精神面貌是跟舊世界的迥然不同的。我來自舊世界，我自覺就跟他們不一樣。我渾身是舊的，不但語言動作是舊的，連身上穿的也是舊的。演劇隊在西安時給每人縫了一件皮衣。我們穿著皮衣，可這裡哪有人穿皮衣的？這皮衣就說明了我們還帶著一身舊。在蔣管區，李公樸算得是進步人士，他來這裡，身穿一件皮夾克，腳登長統靴，一比之下，他也是舊的，在這裡哪會有人穿皮夾克和大馬靴？——那簡直就是奇裝異服。革面須革心，可連革這個面也是很不容易的啊！

我們和指戰員們生活在一派整齊嚴肅、生動活潑、團結戰鬥的氣氛中。同志們對我們極好，我們絲毫不感到拘束，因而使得我們上海救亡演劇隊第一隊取得了一項重大的收穫，那就是賀綠汀同志譜寫的《游擊隊歌》，後來成為著名的抗日歌曲，蜚聲中外。

實踐證明，沒有中國共產黨的領導，就沒有抗日游擊戰爭，沒有八路軍和民兵的指戰員的戰鬥經驗，就沒有游擊戰爭這般豐富新鮮的內容。音樂家概括這些光輝的內容，傾注了滿腔熱情，譜成了感人的曲調。在賀綠汀譜曲時間，

只見他手不離音叉，嘴裏念念有詞，似乎是一邊在編詞，一邊在譜曲，所以詞曲同時完成。

《游擊隊歌》譜成後，作者首先教給演劇隊全體隊員歌唱。其實不用他教，在他譜寫過程中，我們大家跟他朝夕相處，耳濡目染，早已會得差不多了，一開口就能唱出：「我們都是神槍手，每一個顆子彈消滅一個仇敵！」

這一開頭的激昂頓挫，格外富有節奏感。這叫我記起隊裏原來編制的那首歌：「敵人從哪裏來，把它打回哪裏去」，不正是具有同樣磅礴氣勢的音調？不過後來居上，唱會了新歌，再唱那首舊歌，我竟會把那舊詞唱到新調子上來。「敵人從哪裏進攻，將它消滅在哪裏」竟會唱成「我們都是飛行軍，哪怕它山高水又深」的腔調，連自己也覺好笑。

演劇隊唱會了《游擊隊歌》，又把歌教給總部的幹部和駐在這裡的指戰員。當然一教就會，這本來是來源於他們的親身體驗，再從他們親口唱出來，自然無比親切。

不久，抗戰形勢發展，留駐在這裡的部隊，陸續開上前方。我們得到消息後，就整隊站在劉村村口的大路邊，在隊伍經過我們身邊的時候，一遍一遍地唱著這支歌——

「在密密的樹林裏，到處安排著同志們的宿營地，在高高的山崗上，有我們無數的好兄弟！」

前進著的隊伍，應和著我們——

「沒有吃，沒有穿，自有那敵人送上前；沒有槍，沒有炮，敵人給我們造。」

然後雙方一齊唱出——

「我們生長在這裡，每一寸土地都是我們自己的；無論誰要強佔去，我們就和他拼到底！」

歌聲隨著隊伍唱到前方，唱遍所有的敵後根據地，又唱到後方，直唱遍國民黨統治區。這歌創作於 1937～1938 年，是全國人民歌唱抗日戰爭的第一首歌曲。中國人唱它，外國人唱它，國際共產主義戰士白求恩同志就喜歡唱它，還有人把它報導到國外去。

在這以後，劉白羽同志和我一道離隊到漢口來。我們暫時借住在離平漢鐵路局不遠的交大同學會裏。這個同學會沒有宿舍，除了三幾間廳房供大家業餘聚會外，只有一間浴室可以住人，我們就住在這間浴室裏。

　　浴室裏有一個澡盆，這時天氣還很涼，又在戰火紛飛時期，浴室並不開放，因此我們才能借住。浴室裏有一張木炕床，原來供洗澡人放置衣服之用，這時候就作了我們兩人的臥榻。我們隨身行李極其簡單，即使多有空床位，實在也沒法安頓下來。

　　到了漢口，失掉了「伙食單位」，就得自打主意。我是聯繫好給遷來漢口的《大公報》副刊寫點稿子。後來也把白羽介紹給了那個副刊編輯陳紀瀅，多找一個投稿之地。白羽另外去找到了葉以群。以群在新從上海遷來的上海雜誌公司當編輯。他知道我們去過山西八路軍總部，要白羽和我合寫一本有關八路軍的書。

　　白羽回來和我商量，決定寫一本對幾個人物的訪問報導。提出名字的有朱總司令、賀龍、肖克、林彪、任弼時、彭雪楓。白羽又加上彭德懷。我不記得我們在什麼地方會見過彭德懷，白羽說聽過他作的報告。於是就這樣定下來，一共寫七個人。

　　人數定了，消停下來，就分頭動筆。彭老總（也許是周副主席，我記不清楚了）只有由白羽來寫，因為他聽過他的報告。林彪只有由我來寫，因為只有我見到了他。此外，朱、賀由我來寫，任、肖、彭由白羽寫。說幹就幹，書店對這事是抓得很緊的。

　　這時節，漢口的情況已經很不穩定：南京失守，武漢緊張。日本飛機經常竄來騷擾轟炸，警報一響，街上成了亂蜂窩。街邊的防空洞破爛敗壞，人們不敢鑽進去，只顧四下狂奔；達官貴人、地主資本家，懵頭疏散，攪得人心惶惶，走投無路。只有普通老百姓和像我們這樣的青壯年人不怕，怕什麼？除了怕蔣介石對外搞投降，對內搞摩擦，我們就什麼都不怕。我們奔走呼號，用筆用嘴，也就是為的這個。我們每天照樣出去吃飯，照樣出去找人，碰上警報，頂多找個人少的地方躲一躲。有一次，我還遠遠望見過武昌徐家棚方向的空戰呢，親眼看見一架日本飛機，拖著長長黑煙尾巴，倒栽而下。

　　多數的時間，我們都趴在房子裏的木炕上，集中注意，寫我們計劃中的稿子。我開始寫賀老總那篇。那張胖圓圓的、留有一抹黑鬍子的、被煙影籠罩著的活生生的模樣，又清清楚楚地浮現在我的眼前，他的神情姿態還是那麼宛然，口音動作還是那麼歡躍，我瞧得見，卻描繪不出來。只怨我這支破筆笨拙，它刻畫不出一個頂天立地的英雄形象。

　　稿子寫成，加上題目：《一把菜刀話賀龍》拿給白羽看，他倒誇我寫的生動。這就使我鼓了鼓勁，再寫第二篇，寫朱總司令。這篇倒還好寫，因為我記錄了他給我們作的報告。我把這記錄摘抄一些，加上描寫，就能寫成一篇，題名《巨人朱德》。

　　白羽也同時在寫。我們共同趴在一張木炕上，各據一方，彼此都能看見對方的情景。白羽寫稿，寫得認真，寫得仔細。我抽著煙捲瞧著他，只見他在稿子上用蠅頭小楷般的字體密密成行地寫出來。行間隔得很開，那是為了隨後易於修改。可不，他對於所寫的每篇稿子都要經過再讀三讀，然後另紙眷清定稿；不像我這樣粗枝大葉，毛手毛腳，一揮了事。——這也叫我學了乖，我從此寫稿，也要先打一個草稿。可始終沒有做到像他那樣的認真、仔細。

　　寫稿之外，我們也去過八路軍駐漢辦事處。那裡原來是日本總領事館。地址是在原來的日本租界內，房屋建築自然是日本式的。進得門去，裏面夾道上擺滿了地鋪。我們去得早，很多人都還沒起來。忽然鋪位上有人從被窩裏伸出頭來熱烈招呼：

　　「嗨，你們也來啦！」

　　我一看，原來是在八路軍總部結識的同志。我問他們：

　　「你們怎麼來了？」

　　他悄悄地說：

　　「彭雪楓同志來了，我們跟他來的。」

　　同到住處，白羽和我商量：稿子寫完之後，一時難得固定工作。長期抗戰，武漢看來不能久住，怎麼辦呢？我勸他一道去重慶。他說：「你去重慶算是回家，我去算怎麼的？」「那怎麼辦呢？」這回是我反問他了。他提出：「去找彭雪楓，請他介紹我去延安。」事情很清楚，他要我作介紹，是因為我對彭雪楓比他熟。我慨然同意，過天我們就一起去看彭雪楓同志。見面後，我首先感謝他在臨汾時對演劇隊的照顧，然後述說我們正在寫作一本關於八路軍的書（當時書名還沒確定）；白羽補充，書中就寫了他一篇。最後我請他介紹白羽去延安。話不多談，彭雪楓同志提筆寫出介紹信。寫好給我看，我看他是寫給駐西安辦事處，介紹白羽搭乘去延安的汽車。我當面把信交給白羽。——這真是解決了他一大問題。

　　交大同學會是不能長住的，在我們把稿子寫完之後，我就準備買輪船票去重慶；白羽還要留下來做本書的編輯工作，同時他似乎還應允以群寫一本報導

的書，因此就得搬住旅館。我上船那天晚上，他送了我回去後就要搬家。我們這一段時間，特別是最後在武漢的時間，相處很好，肝膽相照。我上了船，最後一次勸他同去重慶。當然，他的主意已定，不能動搖。我們依依惜別，相對悵然。

我到重慶不久，由於雜誌公司的緊張工作，我們合寫的書很快就在武漢出版，書名《八路軍七將領》，這是白羽研究決定的。在我，並不滿足於「將領」二字，實事求是，還應該大大提高一步。篇名只列了人名，如像我寫的《一把菜刀話賀龍》，就只留下了《賀龍》，《巨人朱德》就只留下了《朱德》。這個情況，我事先也是不知道的。

書出版後，由於這是在國民黨統治區出版的關於八路軍的第一本書，國共合作當時表面上還能維持，廣大讀者表示熱烈歡迎。重慶進步書店的大玻璃櫥窗裏，將本書擺在最前列，砌成扇面形，引起注意。這時出版的選集中，有的還將《賀龍》選入。

1938 年 8 月，國民黨設立「圖書雜誌審查委員會」，公布《修正抗戰期間圖書雜誌審查標準》，以適應對日投降的需要。由德國法西斯駐華大使牽線，「和談」加緊秘密進行，直接威脅著統一戰線的鞏固和發展。因此毛澤東同志 10 月間在中共六屆六中全會上提出了「統一戰線中的獨力自主問題」。蔣介石大搞分裂，九江一失守，便把被迫抗日的假面具索性撕下，掀起第一次反共高潮。因大及小，革命的抗日書刊全部遭殃，《八路軍七將領》自然不能幸免，當即被禁，成為「禁書」。

一九八二年「五一」於華中工學院

「送我情如嶺上雲」
——緬懷郁達夫先生〔註1〕

一九三四年秋天，郁達夫先生北遊南返後，寄給我一張他手書的單條，上面寫著清代啟蒙思想家龔自珍的一首七絕詩——

不是逢人苦憶君，亦狂亦俠亦溫文。

照人膽似秦時月，送我情如嶺上雲。

說實在，他這樣稱讚我，我當不起；倒是回贈到他身上，正合適。我們從一九二八年到一九三八年間十年的交往，見面不多，通信不斷；他對我一片親切的情誼，真可以合著一句老話：「平生風誼兼師友」。

一九二八年春天，我們原來就有組織關係的北京交通大學的幾個窮學生，陳明憲、朱大柟、徐戡五（徐克）和我，計議著自費出版一個文學小刊物。陳明憲是負責人，並邀約師大的王志之和北大的翟永坤參加。刊物取名《荒島》，半月出一期。每人每期暫定交費一元，每隔一期交稿一篇，不收外稿，當時的風尚如此。

刊物出到第六期，刊登了我寫的一篇小說《A Comedy》。在上海的郁達夫看到我這篇習作，就在他當時主編的《大眾文藝》上登出一封熱情洋溢的公開信，給以表揚。公開信的詳細內容記不起來了，只記得要求我們把以前他所沒

〔註1〕寫於 1982 年 6 月，文章收錄在湖南文藝出版社 1982 年出版的《回憶郁達夫》（陳子善、王自立主編）一書第 238～248 頁。後收入王余杞著，王平明、王若曼整理《王余杞文集》（下），花山文藝出版社 2016 年版，第 546～552 頁。現據初版本錄入。

見到的幾期刊物也寄給他。這可能是由於他喜歡寫自傳體裁，深入刻畫心理。他曾經提倡過日記小說，以「我」為主，認為如此描寫心理變化，才不會被人問住：「他（她）心裏的事，作者你怎會知道的呢？」這個主張，其實不大合乎實際，但看古今中外的大小作品，到底用日記形式或者以「我」為主的是極少數，卻並沒有誰向作者提那個奇怪的問題。我學寫的這一篇恰是以「我」為主而又試圖刻畫心理，或者正合著郁達夫先生的口味，出於獎掖後輩，言辭不免溢美；而我呢，慚愧之至，在我以後的繼續習作中，根本就捨棄了這類題材，而在當時寫的同類幾篇裏，這一篇還是自覺不算滿意的。郁達夫先生一加表揚，倒使我受寵若驚。

好傢伙！郁達夫！鼎鼎大名！好幾年前我就熟讀他的大批作品：《茫茫夜》、《在寒風裏》、《春風沉醉的晚上》、大本大本的《寒灰集》、《雞肋集》等等，數說不完。滿紙感傷，一腔怨忿，字字都曾敲打我的心扉，引起共鳴，深受感染，竟自著了迷。當時，在小說創作方面，郁達夫和魯迅齊名，實際上，我對郁達夫還要更親近一些。

親近加感激，趕緊回信！《荒島》同人催促著我，我自己也催促著自己，於是郁達夫先生就跟我通起信來。我把他當老師，我把他的鼓勵當鞭策，只是在這鞭策下我並沒有踴躍向前。

一九二九年，學校舉行暑期實習，我被分配到兩路（滬寧和滬杭甬）局，因此到了上海。趁此機會，就去拜訪郁達夫。他家是一條普通弄堂的一家普通房屋。進門幾步就是房間，家具極其簡樸：一張方桌，幾把座椅。出奇的是書多，中國書不多，多的是外文書，一摞一摞地靠牆根擁擠著，躺在地板上，它們的主人竟沒有一架大玻璃書櫥供奉它們，真夠委屈的。

夠委屈的還有王映霞，她是上了他的書的。他們當然結了婚，可她也並沒被供奉起來，而是在門口大木盆邊漿洗衣服。

郁達夫的容貌，通過書刊上有時登載的相片，我是看熟了的。這下可看見了他本人，奇怪，這就是出名的郁達夫！頭上留著深長的平頭，身上穿著寬大的褲褂。——據我的記憶，好像就沒看見他穿過西裝。可是他獨自具有放浪不羈、灑脫大方的氣派，談話間時常發出爽朗的笑聲。

他對我不消說是十分親切的，問了我寫作和生活的情況，也主動地介紹了他自己關於這些方面的一切。他留下我吃飯，要我喝酒，我不喝，他就自斟自飲，看起來，他對酒是頗有偏愛的。

　　郁達夫叫我常去找他。我在實習期間，經常要西上南京，南下杭州，一站一站地走，因此留在上海的時間並不多，但我每一次回來，總要抽工夫去看他，跟他談談我的思想情況。談得最多的是我對於半殖民地半封建性質的鐵路極為不滿。而轉眼間，明年我就要畢業，畢業後就要在這樣性質的鐵路上捧著「鐵飯碗」混事，會有什麼意義？於是有一次我告訴郁達夫，打算自動退學，不再學習下去了。

　　郁達夫一聽，忽然哈哈大笑起來，笑得我渾身毛骨悚然。然後嚴肅地點醒我：「不行，不行啊！」又明知故問：「不上學，幹啥？」哪還用問，他就給我端出來：「寫文章？不行啊！養不活啊！」又伸手一比劃：「靠寫文章養活的，中國就只有魯迅一個人！」

　　「你見過魯迅嗎？」他這就問我。

　　我搖頭，泄了氣。

　　「你應當去看看魯迅，我給你介紹。」他提筆寫了封介紹信，並且指點我魯迅先生的住址，說明怎樣搭乘電車。

　　他又笑著說，就是魯迅，靠寫作養活也碰上了麻煩，北新書局就拖欠了他的版稅。魯迅查出書局老闆拿錢去做生意去了，剋扣了他，他要跟老闆打官司。書局請託郁達夫從中調解，避免起訴。郁達夫正在為這事奔走。

　　「可以解決嗎？」我心裏一陣涼：原來竟會這麼複雜。

　　「可以吧，」他想了想說：「魯迅的脾氣也不好哩，你不知他跟周作人也鬧翻了麼？」

　　那我是知道的：「那是思想問題。」

　　「不光思想問題」，他揭開了其中還有周作人的老婆的關係，「所以魯迅的火氣是大的。」

　　查《魯迅日記》，我那次去看他是在八月九日，我帶上郁達夫的介紹信，按照地址找到北四川路去見這位大文豪。其實在這之前，我已經給魯迅先生寫過信，我試著轉譯了俄國契柯夫的一篇小說《愛》，寄給魯迅，請他校正，由於料不定這件事會得到怎樣的結果，所以連對郁達夫也沒有告訴；卻不料魯迅一見面開口就說那篇稿子可以用，將登在《奔流》上。這真叫我大吃一驚，漲紅了臉，不知說什麼好。

　　話題轉到來上海。他問我來幹什麼。我告訴他一些情況，又拉扯到退學的事，憑著他那股熱情勁兒，我也請他給我拿個主意。

他問我畢業還有幾年。

「一年。」

「……」他沒言語，停了一會，卻對我指點著寫作和翻譯的一些基本知識來。

我忽然問起北新的版稅事，果真，正如郁達夫所說的，魯迅的火氣就來了，連說：「要打官司！要打官司！」

我愣住了，開口不得，後來我說給郁達夫聽，他說大概是可以解決的。看樣子，郁達夫對魯迅先生十分敬重。

我對魯迅先生，自然更是十分敬重。魯迅是我國最偉大的文學家，身材不高，氣度可一派正直慈祥，見到他使人親近。解放後在他墓前矗立著一座坐像，見到這座坐像如見其人，只覺稍微高了一點點，如果讓這坐像站起來，它會比先生實際上高出一些。

在這時候，我寫的包括《A Comedy》在內的十篇有連續性的小說集子《惜分飛》在上海春潮書局出版。郁達夫告訴我，書局請他給這書寫過一篇序。他在序中把這書列入重在使我們感動的「力」的文學範圍，雖然是很弱，雖然是不十分強而有力。——我感謝了他。

九月底，我實習滿期，接受郁達夫先生的勸告，回到學校，繼續上學。第二年一九三○年畢業，分配到天津北寧鐵路局。我就捧著這個「鐵飯碗」（當時的學校，只有在交大畢業才能分配工作，所以叫做「鐵飯碗」），仍然搞我的業餘寫作和文學活動。

一九三一年，我在北京星雲堂書店出版了我的長篇小說習作《浮沉》。自己生活在狹窄的封建牢籠式的辦公室，抬眼望著窗外廣漠的天空，一心巴望打出去。可是能夠打出去的不是我本人，而是我筆下的人物，他經過曲折的鬥爭，終於奔向革命。

一九三二年我曾去過上海。因為時間短促，只去看了一次郁達夫。說起《浮沉》，他倒同意揭穿國民黨新官僚的荒淫生活，卻也指出缺點，例如在地毯上跳舞，那是事實上所沒有的。

郁達夫出身於舊知識分子家庭，學的又是資本主義的一套學問，再加本身並沒有參加艱苦的群眾革命活動，對廣大人民群眾的思想感情缺乏深入的瞭解和聯繫，對國民黨官僚買辦資產階級的本質有時也認識模糊，因而他的寫作

依舊停滯在描寫身邊瑣事，揮灑小知識分子的個人感情，信筆寫來，興盡而止，結構鬆散，人物孤單。這樣就難於滿足思想不斷進步的讀者的要求。他逐漸離開了他們，他們也離開了他。

我這時對於郁達夫，多少也有這種感覺。但我依舊尊敬他，把他當作我的老師，隨時向他請教。因為實際上他還是站在鬥爭的前列；要求政治自由，反對日本侵略；虛懷若谷，推舉《阿Q正傳》和《子夜》為偉大作品——這無異於自認已不能和魯迅並列。實事求是，我們不該對他有所歧視。

當時的確有所歧視，在他的信中已經使我感覺到，他表示不願意在上海住下去了。但在一九三五年，他還是積極地給良友圖書公司編選了一本《新文學大系・散文二集》。他在搜集資料時，我把亡友朱大枬和我同翟永坤一九二八年在北平文學社出版的詩文合集中朱大枬寫的《斑斕》部分的三篇散文：《寄醒者》、《少女的讚頌》、《血的嘴唇的歌》寄給他，供他選編。三篇都選上了，了卻了我的一個心願。

還在一九三三年，國民黨在上海實行「圖書雜誌審查辦法」，左翼作品，無法發表。年底，宋之的從上海來信，要我在天津籌辦出版雜誌，以便部分地轉移陣地。隨後，又將被查禁的稿子寄來。過了年，我輾轉同天津書局商妥，出版《當代文學》月刊。創刊號發稿後，我赴上海，作進一步的聯繫。當時宋之的已被捕，跟我聯繫的是聶紺弩和葉紫，以後由葉紫負責。這一次在上海會見左翼作家十多人，卻沒看見郁達夫。我事先知道他不在上海，然而由於沒見到他，心裏也覺悵然。

幸好這一年夏天，他和王映霞一道來到北方。他們先在青島住了些日子，然後來北平。知道我住在天津，於是在天津下車。我們見了面，過兩天，才一路去北平。王映霞不喜歡北平，說北平的風沙大，睜不開眼，交關討厭，幾天後急著先走，達夫獨自留下。

郁達夫倒喜歡北平，而且直稱道北平的秋天最好，每天快晴，秋高氣爽。看見公園裏清潔工人用細竹枝紮的大笤帚掃地，行道上掃出一條條紋路，勻整平齊，深深感到濃厚的意趣。

我們也看京劇，他最愛看廣和樓的科班演戲。他說孩子們是喜歡演戲的，小人扮大人，把演戲也當作好玩——孩子們本來就是愛玩的嘛！不禁大笑起來，像孩子般的。

　　《當代文學》的事離不開，我不得不回天津。臨走時拉他寫稿，並且建議他就寫北平的秋天。說實在，當時也要拉點稿子來給刊物打掩護，郁達夫也就這樣被我利用了一下。

　　他南返時，我去北平接他，一同到天津，就住在我家裏。他把給《當代文學》寫的稿子給我，是一篇隨筆，題目果然就叫做《故都的秋》。——唐弢同志有文章介紹這篇隨筆寫得很好，後來還被語文教科書選去作了教材。

　　他看我家湊合著過上日子，就抱著我剛剛周歲的小女兒笑著說：「我講的話，對吧？靠寫文章，就養不活啦。」儘管他是出於解嘲，我聽了卻只好苦笑。

　　被北方左聯認可的《當代文學》創刊號上登過董秋芳翻譯的一篇論文，因此我們有了來往。他知道郁達夫來到，就請他到他自己任教的扶輪中學去演講。郁達夫去演講了一個多鐘頭，盛名之下，果然受到熱烈歡迎。

　　這次相聚，我對他有了進一步的瞭解。他對我十分關心，問生活，問寫作，問了個夠，還笑著給了不少指點，真是袒胸露懷，推心置腹，算的是「照人膽似秦時月」。可是對於當前的嚴重形勢，卻缺乏足夠的重視：日本帝國主義在東北製造了「滿洲國」，江西第五次大「圍剿」步步加緊，上海公布查禁文藝書籍一百四十九種——不消說，其中就包括有達夫本人的作品。我們和大家一起，都應該為爭取民族的自由與解放而鬥爭，為什麼他在此重要關頭，反而率先退出左聯？「澤畔有人吟不得」，他當真準備要退伍麼！

　　我真是關心郁達夫先生。過了一年，一九三五年九月，我去黃山，特別繞道杭州，以便去看看郁達夫。這時候，魯迅《阻郁達夫移家杭州》詩已經外傳，我領會到它句句字字都飽含深意，就連「平楚日和」的「日和」，是不是也可以進一步認為是「和日」的顛倒？至於「健馭」、「高岑」，對他郁達夫也還是肯定的；只可惜，「何似舉家遊曠遠，風波浩蕩足行吟？」他可辜負了這番心意。

　　我們在杭州相聚了幾天。一天，達夫約去遊覽他所特別喜歡而為一般趕熱鬧的遊人所不感興趣的九溪十八澗。那一帶林木茂盛，奇樹甚多，郁達夫卻都能叫出名字，道出特徵。這說明一個搞文學寫作的人，也應該具備多種廣博的知識。

　　我發現郁達夫和王映霞，他們對眼前的生活相當滿意。達夫說他每天在當地《東南日報》副刊上寫一段隨筆，千把字，登在頭條。我問他署什麼名字，他說就署「郁達夫」。我以為這種信筆寫出的文章，不必都署真名，哪怕就用

「達夫」二字也好。他說，那不行，在副刊上另外就有一個署名「達夫」的，名字又不能專利，所以就乾脆寫上「郁達夫」！

可不，第二天報上就登出他為我壯一壯行色而寫的《送王余杞去黃山》，他希望我能將黃山的秀美景色都溶化入我正在計劃寫的長篇小說中，並說：「將一天一天，一步一步，想像你的進境，預祝你的成功。」實在是盛情可感。

這時董秋芳也在杭州，正在找書教。他託我請郁達夫幫忙。達夫一插手，果然就成功。秋芳約我去他的家鄉紹興玩玩，並且去聽聽紹劇。達夫先生爽朗地笑了：「去紹興看看好的，聽紹劇就不必，保管余杞聽不懂。」

我隨著跟秋芳坐船去了一趟紹興，船上的人用腳掌掌舵使我頭一次開眼。遙望魯迅先生辦過的學校，回來跟達夫先生談起，不勝感慨。

從紹興回來，我戀戀不捨地告別郁達夫，搭汽車去黃山。誰知此別竟成永訣。我歸途取道蕪湖，從蕪湖搭乘火車北上回天津。

一九三六年，郁達夫還去過一趟日本，終於又到了福州。我們還是通信，看得出他家庭間發生了一些問題，因此信也就寫得比較少了。一九三七年全面抗戰掀起，我立即離開天津，在湖北、河南、陝西、山西一帶流動。這時不知道郁達夫在哪裏。一九三八年春天我來到武漢，稍事勾留，就回四川。後來，從報上知道他不久也到了漢口，還到前線勞軍，我們便又通起信來。高興的是，不光知道了他的消息，更知道他投身到抗日救亡的革命洪流中，激發出旺盛的生命火花。不久，忽見他登報尋找王映霞。再寫信去，也就沒有回音。

武漢撤守後，聽說他去了新加坡，給一家華僑報紙編副刊，以後一直消息不通。

太平洋戰爭爆發，我愛人的一個北師大同學盧蘊伯從新加坡回到成都，說起她的愛人跟達夫在報社是同事，她回國時郁達夫把他的兒子郁飛託她帶到重慶，交給陳儀。我跟蹤探聽，也沒得到更多的消息。

日本投降後，從香港傳來消息，一九四五年九月，郁達夫在印尼慘遭戰敗的日本憲兵殺害滅口，成為烈士。

郁達夫先生是我國新文學運動的開拓者之一，他最初參加發起創造社。在創造社中，他和郭沫若最為突出。那時節，郭沫若是詩人，他是小說家。作為小說家，他開頭又跟魯迅齊名。在新文學界，有誰不知道郁達夫！當時，三十歲以下的青年知道他的比知道魯迅的還要多。他的著作豐盛。他用心血澆灌著新文學園地，開放出燦爛的花朵。儘管本身受到侷限，未能徹底叛離舊壘，奮

步向前，和時代一同前進，但並沒有同流合污，有虧大節，最終且犧牲於敵人屠刀之下，不愧是一位民族英雄。

　　我手頭沒有他的一本書，不敢信口開河，但魯迅先生的文章俱在。魯迅先生對郁達夫總是褒多於貶，我早就至誠希望文學界在組織魯迅研究、郭沫若研究之外，也來一個郁達夫研究，搜集遺文，編印全集，出版年譜、傳記，給予實事求是的評價，庶不致落在國外友人之後。

　　「送我情如嶺上雲」，我只能用這點微意來表達對郁達夫先生的深切懷念。

一九八二年六月於華中工學院

補遺二事〔註1〕

讀《新文學史料》1984 年第 4 期，作補遺二事：

一、關於澎島

胡風《回憶參加左聯前後（三）》：

「我看了專輯《蜈蚣船》。對署名澎島的作者，除了從作品內容知道他是北方人以外，其餘一無所知，也無從查考。」「那個作者後來完全沒落了。……」（見 40 頁）

關於澎島，我知道一些情況：

澎島，本名許壽彭，河北省中部某縣（縣名現在記不起來了）人，北京師範大學國文系畢業。1934 年，因向《當代文學》投稿的關係，我們開始相識；後來知道他和我的老伴彭光林還是同班同學，便更熟識起來。當時我住在天津，卻每星期都要往北平跑。去時總能和他見面。我看他是一位燕趙慷慨之士，愛吃小館，酒酣耳熱，對現實非常激憤。我們談起來很能投合。郁達夫、葉淺予先後來到北京，我去看望他們，都約著澎島一道去。郁達夫後來南返，還寫了一張單條託我轉送給他。葉淺予在飯桌上給我畫像，我也給澎島胡畫了一張、經葉改過，他表示願意珍藏。以後，我們和孫席珍、臧紫揚，也都熟識起來。

〔註1〕原載《新文學史料》1987 年第 1 期，第 192、223 頁。後收入王余杞著，王平明、王若曼整理《王余杞文集》（下），花山文藝出版社 2016 年版，第 560～562 頁。現據初刊本錄入。

1936 年，北京作家協會成立，我和澎島一同參加。這個協會是仿照上海文藝家協會改組成立的。我們當時贊成「國防文學」，因為北平已經是國防前線了。後來燕京大學開過一次座談會，討論這個問題。曹靖華、澎島和我應邀參加。

一直到抗戰發動，我和澎島才忽然分手。在這以前，我對澎島有一事不滿，他似乎非常喜歡打彈子。他和我見面，每次告別都在他去彈子房的時候，此外，我們是一直相處很好的。我喜歡他的胸懷開廓，直言不隱，他的寫作，鄉村氣氛異常強烈，從不管別人對他的道短論長。

日本投降，抗戰勝利，我隨鐵道復員來到天津。在北京，我和澎島又見一面。這一面卻大非昔比，他整個變了樣，穿上了叫人怪不舒服的國民黨軍裝。過去的滿腔激情，一概化為烏有。從此我們就不曾通過音信。

解放後，聽紫揚說，澎島判了刑。後來的情況，就一點也不瞭解了。

在打聽「左聯」成員中，彷彿記得澎島也參加過。我寫信問當時負責的孫席珍，他說記不起來了。

對於澎島，到此為止。但我始終還是懷念他抗戰前的豁達真誠，悲歌慷慨的氣概。但願他能活到今天，目睹社會主義祖國的興旺景象，以慰初衷。

二、關於邵冠祥的被捕遇害

夏川《〈詩歌雜誌〉和〈海風詩歌小品〉》：

「一九三七年七月，敵寇侵佔天津後，大肆搜捕抗日愛國人士，海風社向天津市政府申請登記時，因係邵冠祥、曹鎮華簽署，竟被同時逮捕殺害。」（見152 頁）

1937 年「七七事變」後，我們為了響應文章進廠、文章下鄉、文章入伍的口號，改組《海風》，從詩歌專刊擴大為以詩歌為主，兼收散文的綜合刊物，由我發稿。我編完第一期後，已到 7 月 27 日，當天就到河北鐵道外水產學校（專科）去看邵冠祥。他原來是海風社的重要成員之一，是水產學校的應屆畢業生。這時候，畢業考試已經完畢，他決定趁此回家一趟。我上午去看他，一來是給他送行，二來是把《海風》發稿的消息告訴他。

我看見他的時候，他正坐在寢室內捆好的行李捲上。他說他已經去過一次車站，準備坐火車去塘沽，搭明天開的海輪。不知道怎麼誤了車，只得回來，改坐下午的火車。我和他談了一陣，就告了別。

　　晚上，海風社一個青年朋友（海風的成員大半都是青年）急急忙忙地來到我家，告訴我：「邵冠祥被逮捕了！」說他當時剛吃過午飯，正要前去火車站，卻來了幾個便衣警察，簡單問了幾句話，就把他給抓走了。

　　同時，曹鎮華也遭到逮捕。曹是一個小學教員，這時學校已經放了暑假，他正走在路上，便衣警察問明瞭他，就把他給逮走了。

　　來的人說：「是不是你也躲一躲，省得出事。」這時候在河北的人家，紛紛搬往「租界」，我正在考慮，準備第二天先去找房。不料第二天（28日）的半夜，日軍突然發動進攻。直到天明，炮聲不止。天明後，日機飛到河北地帶，投彈轟炸。我和老伴，隨著人流，帶著孩子，冒著轟炸，逃到租界，承蒙一個餛飩擔子的人家，在僅有的一間小屋和僅有一張小床上，容我們擠睡一夜，第二天才找到一處落腳的地方。自己遭難，還不知邵、曹二位在警察局是怎樣的受罪哩！

　　天津被侵佔後，海輪通航，我就單獨先行搭輪南下。三年之後，我在成都，輾轉得到天津的消息，說有一個從日本憲兵隊逃出來的人，在他被放出來之前，看見邵冠祥在掃地，自稱出獄恐怕無期。此人出來以後，不久，就聽說邵、曹在日本人手下都遇害了。

　　我得此消息，就寫了一篇文章，以表悼念。文中提到，在我們初識的時候，我已經知道有一個邵冠華，現在又認識了一位邵冠祥；已經認識了一位曹靖華，現在又認識了一位曹棣華，都只差一個字，真是巧合。文章登出後，接到報社轉來四川大學的一位姓邵的教師寫來的信。自稱是邵冠祥的叔叔，邵冠祥和邵冠華的確是弟兄輩，他還問我有沒有關於邵冠祥的更多的消息。

　　沒有。我所得到消息也是輾轉得來的。連為什麼他們從警察局忽又轉到日本憲兵隊，也弄不清。但我十分懷念他們——這些當時為國家民族獻出生命的年青一代！

在天津的七年 [註1]

我第一次在天津，是從 1930 年 9 月到 1937 年 8 月，整整住了七年。

我到天津以前，就早已和天津發生關係。我那時正在學習寫作——寫小說。當時在文藝界，北京被稱作「京派」，上海被稱作「海派」，天津呢，說不上，也就是不成其為什麼派了。

其實，拿天津和北京相比，一點也不顯得寒傖：北京講究四合院，天津講究的是高樓房；北京號稱文化古都，天津發展的是工商企業。就文化而論，天津也有自變法以來的《國聞週報》和以新聞擅長的《大公報》，在北洋軍閥政府被打倒後，《大公報》更占居了北平的市場。

在北平，號召一時的《晨報副鐫》，隨著《晨報》被《大公報》擊敗，也隨之而減色。我當時在北京交通大學運輸系讀書。自從北京改稱北平，北京交通大學也改稱交通大學北平鐵道管理學院。現在國民黨的旗子掛出來，弄得人心惶惶。

我躲過一陣後，再到學校，形勢大非昔比。學校裏沒人出頭，就是當初介紹我參加並和我單線聯繫的陳道彥，也改名陳明憲，轉學到法學院去了。怎麼辦呢？我找到陳道彥，雖然他已轉學，但相距不遠。當初辦平民夜校就是由他提出來的。這時他又提出辦刊物，這就是後來辦的《荒島》半月刊，該刊出版六期。上海的郁達夫先生在 1928 年 11 月 20 日出版的《大眾文藝》第三期上寫信給我們，舉出我寫的《A Comedy》為「傑作」。這給了我極大的鼓舞。

〔註 1〕1987 年 10 月刊登於《天津文學史料》。後收入王余杞著，王平明、王若曼整理《王余杞文集》（下），花山文藝出版社 2016 年版，第 566～575 頁。現據《王余杞文集》（下）錄入。

我這是已經稍稍學習寫稿，紛紛向外投稿。只覺在北平的路子不寬，正想發展。剛巧《國聞報》改《國聞週刊》，內容仿照上海《東方雜誌》，刊後附有小說，而且提倡新型的。我投給了一個短篇《么舅》，刊登了，受到編輯何心冷的好評。後來這篇小說傳到我的家鄉自流井，被當地的刊物轉載，這是我的家鄉刊載我的作品的開始。

《么舅》發表後，我又發表了《老師》和《百花深處》。《么舅》、《百花深處》收入我和朱大柟、翟永坤的合集《災梨集》，由北平文化學社出版。封面排列的順序是「朱大柟、王余杞、翟永坤」。董魯安（於力）看見後指出，書中的質量，也就可按照三人的列名為序。

在《國聞週報》上，我陸續發表了《No.1》、《Mama》、《Departure》、《W.F.P》、《TO》……，連以前的共計十篇，合成一集，題名《惜分飛》，由上海春潮書局 1929 年出版，書局請郁達夫作序。現在我把這本集子叫做系列小說。

我在 1930 年畢業，畢業前，到日本的鐵路上和幾個大城市去實習旅遊。在日本接觸的日本人和在中國接觸的日本人不一樣。前者以平等待人，後者卻把我們當作劣等人，這不由不引起我的憎恨。

還是談寫作吧。《國聞週報》終於使我不滿意。它的革新並不徹底，即如用字吧，不肯用「她」字，仍要用「伊」，即使我的稿子寫的「她」字，在發稿時也給改成「伊」字。這個何心冷，真是冷得可以！這後來一直到王芸生主編時，才改了過來。——這是後話。

一

言歸正傳——卻說我就到了天津。

我不是文學科班出身，既沒有上過正規的文科學校，也沒有上過文科大學什麼系，比如聽過魯迅、錢玄同、李大釗的什麼課。也沒結交過新潮社、未名社、沉鐘社的健將。我只是一個窮學生，既無名也沒利，只是被一些社會現實刺激著，骨鯁在喉，不吐不快。不揣冒昧地發洩出來。沒有人指導，沒有人幫助，亂闖一起。在學校裏認識朱大柟，我們是同鄉，又志趣相投，整天在一起。那時他已經參加了附在《晨報》出版的詩刊社。他寫詩，由於聞一多，徐志摩的影響，有時也寫豆腐乾詩。我不會寫詩，但我們自認是同道。我們真是知心的朋友，同參加組織（他也由陳道彥介紹），同辦平民夜校，同辦《荒島》半月刊。我開始學寫的幾篇小說，還是他給擬的題目。他的詩和散文，後來都被

選上了新文學大系中的《詩》和《散文》二集。可是他的身體不好，在 1930 年
中秋前後，就因久病纏綿，溘然早逝了。

在我的同班中，還有一個潘式。他和大枬同我都很接近。他愛舞文弄墨，
但搞的是另一套，我們認為不是「新文學」。他的詩作很出色，記得寫過「慣
向禮堂搖臭架，每從廁所識芳名」。詠學院院長，引起全院知名。我還把這兩
句引入了我的小說裏。我原來把他寫上了小說中的一個人物，那人代名老
「衛」，就是指潘式的。但我和朱大枬與他到底不是同調。我們畢業，一塊分
配到天津實習。（當時只有交大才有畢業分配，成了「鐵飯碗」。我想因此在組
織破壞後，沒有接上這個關係，「鐵飯碗」生怕被砸掉可能成為其中的因素。）

潘式用的筆名是「梟公」，這時他已經在《大公報》上連載了一部長篇章
回小說，題名《人海微瀾》。《大公報》銷路很廣，因此「梟公」也就出了名。
他和我在一個辦公室，面對而坐，我們的意見每每相左，結果弄得不歡而散。
這責任應該在我，我沒有團結他，搞好一同工作。我想抗戰爆發後，在武漢成
立「文協」，理事名單中還列入張恨水，梟公應該同於張恨水。張恨水的列名，
聽說是由黨安排的。我當時排斥潘梟公，見不及此，說明我缺乏遠見。後來在
重慶，我們又會面了，他改名潘伯鷹，潘式更字伯英為伯鷹，大有翶翔之想。
他已經不寫小說了，進了中央銀行。我送他兩本新作，他寫了一張單條，詞中
提起槐陰舊事，指我們同學時的回憶。

抗戰勝利後，潘伯鷹回到上海。章士釗代表國民黨到北平和談，他隨行當
秘書。事後回滬，難得沒去臺灣，留下做了上海市政協委員，成為書法家——
比我強多了。後來沒有音信，可能已經去世。我在這裡記上一筆，致以悼念。

在北寧鐵路局認識一位姚君素。姚常常給當時的《天風報》寫稿。他還拉
我隨手寫的一篇稿子。姚君素的筆名叫「靈犀」，專門研究《金瓶梅》一類關
於版本的書，近時還偶然看到有他的參考書目。

我在天津活動的地帶，一直是《大公報》和《庸報》、勸業場和中原公司
等處，其他地方難得有機會去。對《大公報》，我看它的副刊還是舊一套，毫
無特色。三大報之一的《益世報》帶宗教色彩，也不足道。後起之秀是《庸報》。
我注意到了它的副刊《另外一頁》，每天對開一版的一半，饒有清新的色彩，
使人感覺它新鮮、潑辣、精悍、引人入勝。我知道那版的編輯人是姜公偉，可
能是燕京大學的學生。我們認識，相見恨晚。他讓我寫稿子，我初時不敢答應，
以為他都用短稿，我寫小說，一寫就是幾千字，無法刊登。他說沒關係，用連

續登載就解決了問題。以後果然如此。我喜歡他活潑的作風,便經常給他寫稿。不僅小說,什麼都寫。他和我相約:「咱們背靠背地戰一場」。因為,這時在天津,稱得上文學味的副刊只有《另外一頁》這一家。

二

1932 年,我的未婚妻彭光林在北師大過春假來天津了,我們結了婚。此時,我仍在寫長篇小說,取名《浮沉》。我從寫學生生活,轉到寫社會生活,這是一個發展。只是對社會生活太不熟悉了,許多事都不瞭解。沒有生活,如何寫作。所以寫得很慢。只是對於國民黨新官僚的貪污腐化,多少揭露一些,才覺寫得順手。但全書是顯得稚嫩的,所以郁達夫看了以後也注意到這點。他直接指出:就說在地毯上跳舞,那是事實上所沒有的。

《浮沉》由星雲堂出版。我辦公室個別人知道了,但僅知道有這本書卻不知其內容,就給我取個名叫「寫小說兒」。小說後面加上「兒」字,明明表示輕蔑,我就給他一「噓」。

天津法商學院有兩位學生,記得一位叫萬斯年,他們辦了一個期刊,向我要稿子。並且要我把收集起來的短篇,由他們的期刊社出單行本。我收集一下,集成一本,書名叫《朋友與敵人》,自詡分清敵我,不容混淆。這是當時我初寫社會的想法。

當時感到在天津的朋友太少,做不了事。雖經約請知道的人士,如曹禺、柳無忌、羅暟嵐、王芸生、姜公偉等人聚餐,聯繫感情。以後由柳無忌、羅暟嵐又各約會了幾次,可惜沒有堅持下去。

三

1933 年春天,世界著名進步作家蕭伯納參加世界旅行團,坐船將經過中國,上海有人組織歡迎。我們認為對此表示歡迎不歡迎,是表示正義與否的態度,對蕭伯納,我們將不同於對杜威和泰戈爾,我們將把他比作愛羅先珂。後來看見報載蕭伯納在上海時受到宋慶齡、蔡元培、魯迅等人的接待。我們知道蕭過天津不會停留,就給他寫了一封信,對他致意和歡迎。旅行團從上海乘火車經過天津去北平,在天津東站停了十分鐘,姜公偉、黃佐臨、童漪珊和我等人到車站。待火車停下後,蕭從車上走下來,我們當面交了信,表達了信中的意思。蕭個子高長,滿面紅光,身體非常健康。據說他還要去上長城。當時中

—134—

國正值「九‧一八」「一二‧八」之後，人民處境異常，對蕭也難有更多的表示。他到北平時，報紙就一點報導沒有。續上海文藝界之後，我們總算表達了一些對蕭伯納的鮮明態度，對我們來說，無疑的是一次戰鬥。

但是時局可令人耽心！北寧鐵路從山海關已經分割成了兩段。日軍佔據山海關，鐵路上的山海關站實際已落入日軍之手。「高麗棒子」公開走私，其最大的巢穴就是天津。真是滿眼軍棍浪人，漢奸走狗，走私偷運，白麵嗎啡，梅毒花柳……，把天津攪得烏煙瘴氣，令人窒息。

我實在呆不下去了。幸虧鐵路局享有幾張免票，就借機會去了上海。上海百業蕭條，看不出什麼希望，於是乘船西上四川。當時，四川正自動盪，達到萬縣，正是徐向前率領紅軍，震懾兩開（開江和開平）之時。地主老財，紛紛逃竄。四川的「土皇帝」劉湘和他的軍師「劉神仙」感到招架不住。

在家鄉，境況日非。農民終年勞動，不得溫飽；商業資本抬頭，封建家庭沒落；工人罷工。我收集了一些資料，轉回天津。這時光林已經生了個女兒，加重了負擔，更是喘氣不易。我就寫成短篇小說《輪船上》和《落花時節》。前者是我在四川旅途所見，有現實感；後是在上海北川路「一‧二八」戰後廢墟看到的景象，引古喻今。當時王芸生主編《國聞週報》，他對《落花時節》讚揚備至，既在刊前發出預告，又在刊出時特別加以介紹。此後的《國聞週報》可能再次革新，而以嶄新的面貌示人。好像沈從文的中篇小說《邊城》也是連載於此。《大公報》的副刊創刊了《文藝》，由蕭乾主編。以沈從文為首的一派，從此掌握了《大公報》。同時《益世報》也增加了新的力量，羅隆基當了主筆，馬彥祥編了副刊，改名《語林》。致此，天津的三大報：大公、益世和庸報，鼎足而立。《庸報》的《另外一頁》不得專美於前，受到不小的壓力。但是，副刊新的努力始於《另外一頁》，而更能表現出副刊作用的也只有《另外一頁》。可惜，《另外一頁》後因《庸報》的轉售改變立場。《大公報》遷往上海，《庸報》竟成為漢奸報紙。盛極一時的天津報業，一蹶而不可收拾。

且說這時的《庸報》，還在艱難抗拒著其他兩報的壓力。我仍然與姜公偉背靠背地作戰，不過我另外又開始新的寫作。從四川搜集辦井燒灶的新材料，並加上家族的片段回憶，乃至商業資本侵入的具體情況，開始寫作一個新長篇《自流井》，我就拿我家的興衰描寫自流井：包括辦灶經營，封建崩潰，勾心鬥角，兩極分化。這書寫了半年。當年周開慶辦中心評論，約我把寫的稿子寄去，逐章刊登。雜誌出版，寄回四川，有的老先生感到興趣：他們都知道自流

井王家的故事。李伯中對於開頭那幅長聯，研究它每句都包括姓王的一個典故。我離開天津時，全書已登完，稿子留在家裏，在日機轟炸中我們全家逃難。過了兩天，我的妻子冒險回家清理，揀得這份存稿。1944 年在成都東方書社以曼因署名出版。出版後頗能行銷，後來讀者還需要，有的在成都圖書館查閱，有的還準備重抄。可是當時連我自己也沒有這本書了。

四

　　1934 年，是國內局勢進一步緊張的一年。國民黨政府，對日仍然抱著不抵抗主義，嚷著什麼「安內攘外」。他的「安內」，就是殘酷的五次「圍剿」，「攘外」就是連續簽訂了《何梅協定》、《塘沽協定》，斷送熱河，製造冀東漢奸政府，華北還要實現特殊化。緊張的鬥爭，集中到天津，天津就是一個特殊焦點。走私更加猖獗，海河裏出現浮屍。應該怎麼辦呢？我們自問，手無縛雞之力；向外呼籲，誰也不搭理，寄出一點報導的稿子，常常被改的面目全非，連自己都不想看下去。

　　正在這時候，接到宋之的的來信，才使我振作一番。

　　說起宋之的，我和他老早相識。早在 1930 年秋天，朱大枏去世，我寫了一篇悼念文章，題目是《傷逝》，這題目是從魯迅那裡學來，但文章內容不是。文章發表了，得到署名「宋之的」的人的來信。他稱讚這篇文章還可以，願意做個朋友（當時是有這個風氣的），於是我們就通起信來。他搞話劇活動，後來去上海，仍然從事話劇活動。這時，他寫信告訴我，說上海的新聞檢查非常厲害，較好的稿子都登不出去。要我在天津想辦法，因為天津這時還沒有新聞檢查，出一個刊物比較容易。他可以集中登不出去的稿子，大批寄來，希望刊物能出個大型的，以壯聲勢。

　　我接受了這個建議，但苦於承受出版沒有地方。當時的天津不像如今，根本沒有一家肯出書，找來找去還是只有一家天津書局。天津書局識大體，終於接受了我的建議。為了使事得成，我自動放棄編輯費和稿費。對外稿費也按照較低標準計算。六月，我將創刊號稿子編好發訖，就去上海，找宋之的交代。這時宋之的已被捕，我會見了聶紺弩和葉紫，決定以後由葉紫聯繫。當時我告訴他們創刊號上把聶紺弩的小說放在小說欄的頭一篇。葉紫得意的對聶紺弩說：「怎麼樣，編在第一篇！」他們對此表示滿意。葉紫慨然承應陸續供稿。我因書局肯拿出拾元錢，於是請聶、葉二人並由他們代約幾個作者吃飯。名字

已記不清了。當時知道郁達夫不在上海，沒去找他。問了魯迅，聶紺弩說魯迅現在不會見人，於是只得給魯迅寫去一封信要稿。

回程在南京回見了徐盈，他這時在金陵大學讀書，還沒畢業，大概學的是農科。他對我熱情支持。此後他對我一直很關注。徐盈和小岡結婚，畢業後進入《大公報》。不論在重慶，還是在北平，我們往來很密切。在重慶時，《自流井》出版，他猜想是我寫的（當時沒署本名）。他對我說：「各地方都需要迪三爺這樣的人」。我從後方回到天津，向《大公報》副刊投稿，他欣然採用。解放後，《大公報》改名《進步日報》，他還約我寫了兩篇關於鐵路上的社論，引起鐵路上的爭議。他們夫婦後來恢復了工作，我知道小岡仍然在《旅行家》工作。

《當代文學》陸續刊行，受到讀者看重。主要是天津這個地方，突然發現了這麼本雜誌，給人們帶來了一點清新空氣。從黃小同、常勇二位同志的文章中我才重新看見各期的目錄。副刊各期的目錄共五期，其實共出了六期，可能最後一期沒來得及收集。第三期作者名字中有一位「葉柴」，實即葉紫之誤。葉紫當時已是激進的新興作家，他的作品，魯迅曾為他出版，收入《奴隸叢書》。

與此同時，我也作了一番掩護工作，對豈明老人，我拉了他一篇隨筆《再論吃茶》（創刊號），第三期又拉了郁達夫一篇《故都的秋》。豈明老人一連說著「請到寒齋吃苦茶」，和《故都的秋》，都被評論家唐弢譽為名篇，分別被選進當時的語文教科書。對於郁達夫先生，他對我希望甚殷，這裡只引他的幾條日記，可見一斑了。

八月七日（1934 年）

計不得不應付的稿件，有王找，略志於下，免遺忘：

「當代文學」……。

八月十六日

接《人間世》快信，王余杞來信，都係為催稿的事情，王並約定明日來坐索。

八月十七日

晨起，為王余杞寫了兩千字，題名《故都的秋》。

以後至九月初，我都和郁達夫在北平。邀著澎島和他一道，在天津約著姜公偉和他一道，陪著他消磨了不少的時間。

我這時就和孫席珍在一起，也和吳承仕、齊燕銘、張致祥（管彤）相識，都是進步人士。孫席珍約我參加左聯（後稱北方左聯），把《當代文學》列為左聯刊物。

《當代文學》第五期裏有一篇《濟南通信》，署名「露石」，這是一篇外地的投稿。我為了防範小報造謠，提倡刊登文壇消息，歡迎各地投稿。各地投稿源源而至。當時有史岩（又名史濟行）來信自武漢，我沒有理他。另有「露石」，來自濟南，說的具體，我刊在期刊上。「露石」是誰？他原來就是「四人幫」的張春橋。張春橋寄來兩本《華蒂》，自吹他是中堅。我自愧有眼無珠。在「四人幫」的罪證上，登出了《當代文學》封面，並影印摘錄他的通訊原文。這時忽然來了一車的人，詢問此事，還問到其他關係。「左」得可以，幾乎引起一場無謂之災。

《當代文學》留下的問題，還有一個稿費問題，顯然有一些人的稿費未曾照付。例如閻哲景，我第二年過濟南，他還質問此事，說是小騙局。這在當時，我幾乎是求著天津書局的，他不照付，我又其奈之何！

五

刊物突然停刊，我警惕了一些時間，為了躲避，調動了工作。被調去辦「鐵展」，全國鐵路展覽會，1935 年夏天將去青島展出。連事前的籌備和事後的結束，加上正式的展出，足有半年。青島是我沒有去過的地方，又正好「避暑」，樂得有此一行。

到了青島，《青島日報》的杜宇和劉西蒙來看我，說起報社打算辦一個刊物，約我參加，我答應了。杜和劉請吃飯，參加的有老舍、洪深、王統照、趙少侯、臧克家、吳伯蕭、王亞平、孟超和我。以後輪班吃飯。我也請了一次，記得很清楚，當時一席最多只能坐下十二個人，所以我總記著這不過十二個人，包括杜宇和劉西蒙。同時推定洪深作發刊詞，週刊定名為《避暑錄話》，這是借自一個前人筆記的名字。定出十期，加印一百份，分送各人一份，不致稿酬。

我和大家差不多是初次會面。其中最敬仰的是老舍，我們私人間還有來往。他說我們是表親，因為胡潔青和彭光林是北師大同學，所以我們就結成了「表親」。抗戰爆發後，老捨去了武漢，後來又到重慶，我還向《抗戰文藝》投過稿，寫過兩篇小說，一篇通訊，獨山失守，重慶震動。王冶秋寫信告訴我，

說老舍指出長江是沒有蓋子的，日本兵來了，他就跳。我深感他的氣節凜然。
寫信勸他到成都來。跟著，日本人退走，他回信說不來了。

　　後來在提到《避暑錄話》的事時，我還堅持著只有十二個人，臧克家說還
要多。另有一個在青島的同志，在圖書館查到《避暑錄話》的《發刊詞》，列
出洪深當時寫的名單不止十二個人，顯然是我弄錯了，我不得不承認錯誤。可
是明明一席只能坐十二個人，這到底是怎麼弄錯的呢？我一直無以自解。

　　還說《青島日報》吧，由他轉來一封信，是張春橋寫的，說他坐船去上海，
勸我不要跟《錄話》那些人攪在一起。他自以為對我是一番好意，其實到「四
人幫」出場時，幾十年了，我都無言明對。

　　杜宇在天津《益世報》主編了一個週刊，他約我寫稿，我以點帶面地寫了
篇長文《如其有病在天津》。好在我當時沒有名，人們看報也不大看「報屁股」
的文字。才得沒引起大禍。

　　鐵展結束後，我得到一次旅行休假的機會。去了黃山，繞道杭州邀約郁達
夫，他不去，卻在《東南日報》副刊上寫了一篇短文《送王余杞去黃山》。我
們從此沒有再見面。只記住他用龔定安的詩句送我：「照人膽似秦時月，送我
情如嶺上雲」。

六

　　1936 年我調到鐵展會，今年在北平舉行。事先走了一趟北寧沿線，調查
沿線的產物和輸出輸入情況。說起來真可憐：滿目瘡痍，農村凋敝。廊坊一帶，
除了花生，還是花生，吃得人嘴唇發木。蘆臺倒多蝦蟹，只落得對蝦剁碎了包
餃子吃，沿線連雞蛋還賣一元錢一百個呢。昌黎的水果沒有銷路，摘下來裝罐
頭。

　　我們走到南大寺，山海關站已經歸屬新榆線了。為什麼還要辦鐵展，就因
為鐵展附有各路售品所，開會期間，各地商品得借機銷售呢。我卻借這機會搞
了一次文學活動。

　　這時天津的文學情況，各自不同：《大公報》副刊仍由蕭幹主編。蕭幹人
在北平，用的較少天津的稿子，讀起來較少天津味；《益世報》副刊《語林》，
由馬彥祥編了一段，近已改由吳雲心主編；只有《庸報》，姜公偉編的《另外
一頁》，仍然鬥志昂揚。我又在《另外一頁》的地盤，出一個週刊，取名《噓》，
魯迅有「五講三噓」的打算，我就跟著魯迅跑。據說《噓》週刊、《另外一頁》

連同《庸報》易了主，總編輯張琴南可能去了上海《大公報》，姜公偉遠到了四川。姜公偉在天津這些年，可算打開了局面。但是一個副刊編輯，終究不能左右局勢，半生奮鬥一場空！1938 年，我到四川，沒會見姜公偉，他又去了雲南，後來就故去了，我只能對他付之一歎！

除報紙文學副刊外，天津還有個年青的詩刊，叫做《海風》。一些青年送了幾本給我，我也和他們談過，並且在寧園參加他們的集會。這是個年青的團體，我當時年過三十，感到比不上他們的精神旺盛了。

在北平，我參加了孫席珍倡導的，由北方左聯改組的作家協會，這也是學習上海的由左聯解散而成立的文藝家協會，並且也同意上海方面提出的「國防文學」的口號。成立大會時由曹靖華、孫席珍和我，還有一人回憶不起名字，組成了主席團。我被推選為執行主席。選舉了執行委員會，我也在其內。

事後我不解：「國防文學」的口號，分明是和魯迅所提出的「民族革命戰爭的大眾文學」的口號相對立，為什麼曹靖華也能贊成「國防文學」呢？又一次，他和我、澎島一同參加燕京大學舉行的座談會，對這個口號也沒有表示異議。

這時，紅軍已到達陝北，毛澤東已駐進延安。「雙十二」，張學良、楊虎城發動了「西安事變」。經過周恩來到西安調停，蔣介石答應抗日，使事變得到和平解決。

這時候我開始了《急湍》之後又一部長篇《海河汩汩流》的寫作。

七

這時候，我寫了一些稿子，但質量沒有提高。我寫的長篇《急湍》幾乎沒有人接受。我從「九·一八」寫到「一·二八」，到東北的義勇軍起義。結果是在上海一家出版發行。這個長篇我用的是「隅棨」署名。

我當時收集了曾經發表的短篇，如《落花時節》、《輪船上》等，以及《母與子》（刊《當代文學》）和一篇抗日的作品（刊《另外一頁》）等等約十幾篇，就題名為《落花時節》，一直沒出版。到 1957 年反右時，人民鐵道出版社組織批判，我沉不住氣，還同所有的日記，以及這本書稿，盡都一火而焚。從此，連日記也不再記，落得乾淨。

還有一本短篇的《將軍》，那是由於上海的朋友替我編輯出版的，我根本不知道這事。1937 年抗日發動後，我隨上海救亡演劇隊第一隊，路過洛陽。有一些青年拿著這本書找我簽名。我翻了一翻，才知道這本書出版了。

　　我的《海河汩汩流》，寫的就是天津，時間從「西安事變」終結時開始，因為我住河北，對河北稍覺熟悉，就寫河北的日常生活。後來李長之在重慶看到這本書，認為活畫了天津的風物。這小說是我給《語林》主編吳雲心刊登的。在我是激憤難忍，不得不寫；又認為只有《益世報》上適宜發表。那時候，《庸報》已轉賣變質，《大公報》打不進去，所以給吳雲心。幸好，小說一開始就因寫天津，引起了讀者的興趣，我也就因勢利導，故事引向深入。寫到走私，寫到海河浮屍，引起老年人和年青一代之間的矛盾，就到了「七‧七」事變的時候（自然不免被刪去）。

　　我真很忙，除忙於寫作，還忙著海風社的事。為了響應文章進廠、文章下鄉、文章入伍的口號，索性將《海風》改組，從詩歌專刊擴大到以詩歌為主，兼收散文的綜合刊物，推我發稿。我編定該刊後的第一期，已到 7 月 27 日。當天我就到河北鐵道外水產學校（專科）去看邵冠祥。他原來是海風社的立案登記成員之一，是水產學校應屆畢業生。這時候，畢業考試已經完畢他決定趁此回家一趟。我上午去看他，一來是為他送行，二來是把《海風》發稿的情況告訴他。

　　我看見他的時候，他正坐在寢室內捆好的行李捲上。他說他已經去了一趟火車站，準備坐火車去塘沽，搭明天開行的海輪。不知道怎麼誤了車，只得回來，改坐下午的火車。我和他談了一陣，就告別回家。

　　晚上，海風社一個青年朋友（海風社的成員，大半是青年）急急忙忙地來找我，告訴說：「邵冠祥被捕了！」說他當時剛吃過午飯，正要前去火車站，卻來了幾個便衣警察，簡單問了幾句，就把他給抓走了。

　　同時，曹鎮華也遭到逮捕，曹是一個小學教員，這時學校放了暑假，他正走在路上，便衣警察問明瞭他，就把他逮走了。（他們兩個同是海風社向天津市政府申請登記時的署名人）。

　　來的人說：「是不是你也躲一躲，省得出事」。這時候，在河北的人家，紛紛搬進租界，我正在考慮，準備第二天先去找房。不料第二天（28 日）的半夜，日本兵突然發動進攻，直到天明，炮聲不絕。天明後，日本飛機飛到河北地帶，投彈轟炸。我和妻子，帶著一兒一女，隨著人流，冒著轟炸，逃到河東。承蒙一個素不相識的買餛飩擔子的人家，容我們望門投止，在僅有半間小屋的單床上，慷慨讓我們擠住了一夜，主人兩口，竟自徹夜未眠。第二天我們才找得一處吃住地方。自己遭難，還不知邵、曹二位在警察局裏怎樣受罪呢！

　　天津被侵佔後，海輪開航。事先在逃難時，碰上一位在鐵路局派給日本顧問當翻譯的同事，偷偷告訴我：日本顧問曾向他打聽我，希望認識。這位同事勸我趁早離開。他的話是可信的，假如他和日本人打得攏，這一次也不至於當了難民。得了他的消息，加上妻的催促，我就單獨乘船南下，奔赴抗日前線。

　　在海輪上，遇到了劉白羽和陳荒煤。轉天 8 月 13 日，船過煙臺，得到消息：「八・一三」上海的抗戰爆發了。我興奮地在青島下了船。後來在武漢碰上劉白羽，我介紹他參加了救亡演劇隊。陳荒煤是 1949 年解放後在天津看見的，那時他以文藝處長進城接收，我卻成了被解放的人！

冶秋和我 [註1]

一

冶秋和我，相見是在 1938 年。那年秋天，我在我的故鄉自貢市，擔任了當地《新運日報》的編輯工作。一天，接到一封來信，署名的是「王冶秋」。信上說，上海初出版了一本《魯迅書簡》上面收有魯迅寫給我的一封信，也有寫給他的一封信。他現在在這裡的蜀光中學教課。寂然索居，希望有機會見面談談。

這樣的通信，當時習以為常。我翻開新買到《魯迅書簡》，王冶秋所說魯迅給他和我分別寫的信，果然都精緻影印在上面。當時魯迅已經逝世，上海已經淪陷，我們分頭來到後方，各自為陣，也巴望會見一些朋友，交換一些意見。王冶秋早年就和魯迅認識，我們當有可談。我就和他約好了一個見面的時間。

冶秋在蜀光中學教國文，蜀光是有名的老教育家張伯苓在天津辦的南開、重慶辦的南渝和在本市辦的蜀光，三位一體，成為張氏辦的一個系統。冶秋能在這裡任教，在學校可謂得人；在冶秋可謂得所。可不是，冶秋在學校，很快就成了名教師；學校得冶秋，也相對得了社會的尊重。在我們見面的時間，我感覺到他的胸懷坦蕩，妙語驚人，無話不談、相見恨晚。他連吳組緗夫婦隱秘的趣事都直言不諱，引起彼此咯咯咯的笑聲。

〔註1〕寫於 1987 年 12 月 9 日，原載《新文學史料》1988 年第 3 期，第 100～101 頁。後收入王余杞著，王平明、王若曼整理《王余杞文集》（下），花山文藝出版社 2016 年版，第 576～578 頁。現據初刊本錄入。

我住在報社，為了躲避空襲，有時又住鄉下。我和冶秋夫婦去過我鄉下的家。在伍家壩雇上小船，逆水行舟，江行逶迤，祠廟莊園，饒多趣味。我們以後談起。還不禁感慨繫之。

伍家壩有一所小學，冶秋夫人（恕我一時忘記了她的姓名），似乎就在那所小學教書，並帶著他們的女兒王子剛上小學。我們的女兒曼曼，那時還不到上學的年齡，也提前上了小學，兩個孩子，經常在一起。

我在報社，除編輯工作外，又計劃出版一套《自貢市》的叢書，收集有關當地的各方面記載，包括鹽業生產，運銷經營，以及文化教育，風土人情，分門別類，各出一本，集成一套。在各個分冊中，預定了「蜀光中學」自出一冊，以冶秋主其事。但約他開會，卻未見他來。

以後「叢書」的編務，遭到自貢市國民黨的干涉，難於進行，收集的稿子也不知下落。冶秋幸而沒寫，題目下只留下一個空名。所謂叢書，也無疾而終。

二

1940 年 3 月，情況越來越緊張，自貢市那個小地方，我也感到了不小的壓力：我被約參加了自貢市抗敵歌詠話劇團，謠言因此更像長上了翅膀。有人告知我，我就去到了成都。在成都終於遭到逮捕，押在「行轅」。這時，信息傳到自貢市。我的愛人彭光林急著去找冶秋商量辦法，遇見他一個親戚，才說，冶秋去了重慶，在馮玉祥處任秘書，不如讓他和馮談，由馮出名保釋。光林給冶秋寫了信；自己一面趕到成都。特務在他家四面包圍了三天，彭光林先已去了內江。

在內江要換去成都的車，換車要買票，買票要排隊，彭光林在旅館等車，曼曼就給人唱歌，唱初學會的《游擊隊歌》等歌曲。旅客們喜歡這孩子。問他們到那裡去。她的媽媽說出了情況，很著急。有一個旅客讓出了車票叫他們先走。

到了成都，王冶秋的回信已經來了，並且抄了代馮玉祥寫給「行轅」主任賀國光的保釋信稿。有馮具名的信，表明事情已經公開，不能任意黑辦。然後彭光林再找國民黨四川省黨部的人保釋，保釋是用的雙重鋪保，並不准離開成都。

由於冶秋通過馮玉祥對我作保，這是我感他的大德之一。

三

我出獄後，雖然不能離開成都，仍然給冶秋寫信致謝，並向馮致意。1942年，我到重慶，和馮相見，相待以誠，各得其所。冶秋向馮提出我一些意見，馮還在日記上寫到，他就抄了寄給我。

其後，馮曾去自貢市募捐，我也因事回自貢，馮約我去吃飯。我舉出募捐的具體辦法。那次冶秋沒有同來。日記中怎麼寫我的，就不得知。

抗戰勝利後，1946 年我回到天津。先是冶秋夫人來和我會見，繼而冶秋也到了北平。他以少將參議的掛名軍銜，在鐵獅子胡同一個單位辦公。辦了一個刊物，有所活動，每期寄送了我一份。

我在天津，除了和他通信外，還到北平去找過他。我們同逛了頤和園和香山。中途經過清華，冶秋去看了吳晗，問吳送去的麵粉是否無誤；他並告訴我：「你也可以給教授們弄點麵粉。」

1947 年，徐盈來天津，忽然通知我，冶秋幾乎被捕。原來是軍警從前門進來，他有所覺察，從後門蹓走了。到車站買票到天津。（以下是他後來告訴的）他找我，可惜沒找到，又不敢多問人，只好去了解放區。——去解放區，天津是本來必經的路線。

王冶秋走脫，他家裏被搜，把他的夫人給捕去。徐盈找我，提議有所幫助。她不用，原來她已經由地工人員給營救走了。

我惦記冶秋，但不知他落腳在哪裏？回想我在成都的情況，非常不安！

四

1949 年 1 月 15 日，天津響了半夜的炮聲，立即解放。我只好辦理交代。天津市人民政府副秘書長劉同志交給我一封冶秋寫來的信，叫我留下工作。應該說，這是王冶秋對我第二次的大德。

冶秋這回來到北平，自然成了大忙人。我閒下來，開國大典也被擋在天安門的廣場外，我需要工作，叫我怎麼不著急！

最後由孟用潛介紹到了鐵道部，又到了人民鐵道出版社。

當時，一個政治運動緊接著一個政治運動，我就成為一個政治運動員緊接著一個政治運動員！最終被劃為右派！

從此我和冶秋始終不曾直接見面，一晃就是三十幾年，只有時看見報導他的片段的消息，語焉不詳；才不久，又看見他在《新文學史料》的封二的

照片，人畢竟已經老了。但想到「人之有德於我，不可忘也」。我終是對他沒齒不忘。今天忽然聽到他的逝世，他竟先我而去，我只能如實寫出一點他給我的大德！

1987.12.9